RICARDO RAMOS

desculpe
a nossa falha

ilustrações
Alexandre Matos

DIÁLOGO

editora scipione

Gerente editorial
Sâmia Rios
Editor
Adilson Miguel
Editora assistente
Fabiana Mioto
Revisoras
Nair Hitomi Kayo,
Carolina Manley e
Lilian Ribeiro de Oliveira
Editora de arte
Marisa Iniesta Martin
Diagramador
Rafael Vianna
Programador visual de capa e miolo
Rex Design

editora scipione

Av. das Nações Unidas, 7221
Pinheiros
CEP 05425-902 – São Paulo – SP

ATENDIMENTO AO CLIENTE
Tel.: 4003-3061

www.coletivoleitor.com.br
e-mail: atendimento@aticascipione.com.br

2021
ISBN 978-85-262-8117-2 – AL
CAE: 260518
CL: 737232
14.ª EDIÇÃO
9.ª impressão
Impressão e acabamento
Forma Certa

Responsável pela 1.ª edição
Cristina Carletti

Dados Internacionais de Catalogação na Publicação (CIP)
(Câmara Brasileira do Livro, SP, Brasil)

Ramos, Ricardo

Desculpe a nossa falha / Ricardo Ramos; ilustrações de Alexandre Matos. – 14. ed. – São Paulo: Scipione, 2010. (Série Diálogo)

1. Literatura infantojuvenil I. Matos, Alexandre. II. Título. III. Série.

10-11995 CDD-028.5

Índices para catálogo sistemático:
1. Literatura infantojuvenil 028.5
2. Literatura infantil 028.5

"Para Mariana, que me deu o mote."

(Dedicatória do autor no exemplar de sua filha.)

SUMÁRIO

Prefácio

As pessoas não são inteiramente boas ou más, não fazem apenas o certo ou o errado. Tirando as exceções que confirmam a regra, inventando santos ou demônios, o normal é que acertemos e erremos, realizemos coisas positivas e negativas, quase que ao mesmo tempo. Em outras palavras, o bem e o mal estão dentro de nós. Lutando entre si, ganhando e perdendo terreno, ocupando esse campo de batalha do homem que se chama vida. E só o exercício de viver, que se traduz em experiência, nos aperfeiçoa e melhora.

Desde o seu título, *Desculpe a nossa falha*, esta novela trata de erros e enganos. Não apenas individuais, mas coletivos. Como sempre, uma ação determinada se projeta, abre espaço, e repercute em cadeia, no efeito de boliche. Envolvendo mais e mais gente. Ainda que partindo de um fato ruim, ou reprovável, não existe unicamente esse lado, temos a outra face da moeda, generosa e solidária. Vamos além disso, do simples crime e castigo. Pouco a pouco vemos que tudo tem o seu reverso: culpa, medo, queda e remir, vencer, levantar. Ou seja, um tom geral de esperança.

Tinha de ser assim, pois este é um livro sobre jovens. Jovens estudantes de um colégio, eles e suas ligações pessoais, familiares, com professores. A tônica é a da amizade. E no clima descontraído, irreverente, alegre, tudo sucede rapidamente, porque o ritmo da juventude é acelerado. Quer dizer: há muito acontecendo, se desdobrando, prendendo a atenção.

A expectativa se mantém do princípio ao fim, naquilo de "como é que será?". O que busca o leitor e se chama interesse de leitura.

Por que isso? Porque um livro, mesmo querendo ser a sério, não precisa ser devagar. Nem pesado, nem chato. Muito menos didático, naquele sentido de edificação, já que a sabedoria popular nos ensina: conselho não se dá, se pede. E ninguém encomenda sermão a nenhum autor. Mesmo que encomendasse, ele estaria a fim?

Desculpe a nossa falha mostra que se pode ler um livro com prazer, gostar da sua leitura, e ainda aprender. Não na acepção antiga, de ensinamento. Mas no jeito atual, de agora, de literatura como vida. Como pensar na vida, falar da vida, achar na vida dos outros o que pode coincidir com a nossa, e assim nos convocar, comover, construir. Literatura é uma ponte, entre o autor e o público, um texto que deve chegar à compreensão e ao sentimento dos demais.

O jovem não entende isso? Vamos deixar de bobagem. O jovem não é a criança de ontem, nem o adulto de amanhã. O jovem é o adulto de hoje, a nossa maioria, brasileira. Com as suas inquietações, as dúvidas e os projetos, o seu mundo que aponta para o futuro. Não está chegando, já chegou. E este livro foi escrito para ele, em feitio de afinidade, concordância e homenagem.

Ricardo Ramos

1

A malha colorida

Antes de chegar ao portão da escola, Sérgio falou com o sorveteiro, o guarda de trânsito e o vigilante parado na calçada. Alegre, expansivo. Abraçou uma servente que voltara de breve doença. Pulou por cima da poça d'água, chutou qualquer coisa invisível. Então encontrou o amigo, passou o braço pelo ombro dele, entraram juntos conversando.

A manhã começara um tanto fria, nublada (esquentava depois, pode crer), e as tonalidades fortes do suéter de Sérgio botavam uma nota colorida no pátio interno, com o antigo casarão à esquerda, o caminho entre plantas se dirigindo às novas construções adiante. Ele pisava um terreno conhecido, familiar. Vinha naquele cenário desde pequeno, dois, três anos de idade. Estava em casa.

Alguém chamou o colega ao lado, que se desviou, e Sérgio seguiu sozinho. Um rapaz magro, de cabelo escuro, queimado de sol. Assobiando à vontade pelos seus quinze anos.

Ao passar o segundo portão, ver à direita as casinholas do Ensino Fundamental, as escadas para a piscina em frente, mais longe, emolduradas pelas árvores altas do recreio maior, ouviu a exclamação:

– Que beleza de malha!

Sorriu e perguntou:

– Quer pra você?

O bedel riu e respondeu:

– Você já me ofereceu uma vez. Lembra?

Sérgio, sempre sorrindo, disse que sim. E mudando de tom, como se ofendido:

– Mas você não aceitou...

O homem teve um gesto de que não, não era bem assim. Para confessar:

– Eu gosto muito dela, acho linda essa malha.

– É sua. Fique com ela.

– Não brinque, Sérgio.

– Não estou brincando. É sua.

Fez uma pequena pausa, que deixou o bedel em suspenso. Tirou o suéter, devagar e se assanhando, cuidadoso dobrou-o ao comprido. Verde, azul, castanho. Ali na mão.

– Está calor, não é?

E sorrindo mais, ainda mais cativante, insinuou a proposta:

– Em troca, o que é que eu levo?

O outro (quarenta anos, quarenta vidas menos dinheiro no bolso) admirou-se:

– Que é que eu posso dar a você?

Aí Sérgio pegou-lhe o braço, íntimo, confidencial, e sussurrou:

– Você tem as provas.

– Provas? Que provas? – ele pareceu realmente espantar-se.

– Todas. Você está do lado de dentro. Pode ver tudo, saber de tudo. É só passar pra gente.

O bedel parou, como travado. Por um segundo. Mas Sérgio percebeu no rosto escuro, vincado, aquele brilho repentino, de interesse, que logo se extinguiu. Aproveitou a vantagem, intuitivo, aliciando:

– Não custa nada, ninguém vai saber.

O homem se havia recomposto e, no entanto, continuava mudo, talvez fascinado. Será que mordera a isca? Às vezes uma palavra largada, uma coisinha à toa, pode dar certo. A hora é agora, pensou Sérgio. E puxou a linha:

– Eu ainda arranjo algum por fora.

A voz do bedel voltou, a custo mas voltou, engrossada, autoritária, e apesar disso aligeirando o que disse:

– Bobagem, Sérgio. Você não tem juízo mesmo.

O peixe fugira? Ou apenas se encolhera? Vamos conferir.

– Dinheiro não faz mal a ninguém. É ou não é?

Ele quase respondeu que sim. Jogando a malha oferecida para o ombro, Sérgio se despediu:

– Pense no assunto, seu João.

– Pensar no quê, menino!

Sérgio riu, abraçou o bedel, foi-se embora. Assobiando. Passou pela cantina, comprou chiclete. Gozando a moça do balcão. Cruzou o pátio já movimentado, ouvindo a sineta, e no ajuntamento próximo ao prédio do Ensino Médio viu Cristina. Falaram-se, parecia que naturalmente. Ela um pouco distante, o nariz arrebitado, andando em silêncio. Ele acompanhando também calado, o sorriso sumido, meio pensativo. Entrou em classe com aquela ideia na cabeça.

2

Reunião de cúpula

No intervalo entre a primeira e a segunda aula, dez minutos contados, Sérgio foi logo avisando a Carlão e Fábio:

– Eu quero falar com vocês. É importante. E urgente.

Deixou a sala, os dois na sua cola. Caminhando isolados, disfarçantes, como se não tomassem a mesma direção. Pelo jeito do amigo, devia ser preciso.

Afastados, enfim reuniram-se. O canto mais distante do recreio. Ninguém podia ouvir, nem percebê-los. Sérgio deu a notícia:

– Vou conseguir as provas.

Carlão não compreendeu:

– Que provas?

Sérgio estrilou:

– Pô, vá ser devagar! As provas, as nossas, as finais. Entendeu, seu mongo?

Carlão iluminou-se:

– Você está brincando... As perguntas das provas antes? Gênio!

Brecou o entusiasmo. Ou caiu em si, duvidoso:

– Não acredito.

Sérgio explicou:

– Sabe o seu João, aquele bedel baiano, pois é, está na marca do pênalti, basta chutar. Entrega tudo.

Foi a vez de Fábio se manifestar:

– Isso de bedel é perigoso.

– Vira a boca pra lá, pé-frio. Não vem não.

E Sérgio falou da malha, do homem com a mulher de servente no colégio, a filha estudando de favor. Essas dificuldades. Estava necessitado, tinha de estar. A ponto de cair, pelo jeito era o momento de propor, chegar ao dinheiro.

– Quanto devemos dar? – Fábio quis saber.

Carlão arriscou:

– Cem?

Mais velho e realista, Fábio corrigiu:

– Só se for por prova.

– Espera aí – apressou-se Carlão. – Eu me azarei em Matemática, Física e Química. Não posso pagar isso tudo!

Impaciente, Sérgio interrompeu:

– Deixe de ser burro. Você não vai dar o dinheiro todo, é pra dividir. Tem uma pancada de aluno a perigo. Ou fazemos vaquinha, ou nada feito.

Eles se calaram, ruminando. Sérgio adiante, porque vinha armando o caso, esclareceu:

– Entramos nós, é elementar. Entram outros, mas a gente escolhe, todo mundo de confiança. Morou na jogada?

Os amigos moraram, pois não fizeram objeções. Carlão a favor e vencendo resistências, querendo se convencer; Fábio contra e no entanto igual, vindo, o mesmo de terminar acorde. Ficaram esperando. Sérgio garantiu:

– É seguro. Nós três sabemos, ninguém mais sabe. As respostas das provas têm preço. É só ratear.

Fábio reagiu pronto:

– Ainda podemos lucrar.

Aquilo ficou no ar, um tempo encantando, até que Carlão bronqueou:

– Larga mão disso, Fábio! A coisa já não é mole, é uma parada, e eu vou endurecer mais, ganhando com os colegas? Você quer o pessoal dedurando a gente?

Fábio moitou, Sérgio aprovou:

– Pagamos o preço. O que for justo.

Carlão estava preocupado:

– Mas quanto?

Sérgio demorou a responder:

– Acho que trezentos está bom. Cem pra cada um de nós, depois vemos quem entra. Dividindo, partes iguais. Isso aí.

Os amigos concordaram. Fábio e Carlão irmanados. Você cuida de tudo? Claro, eu sou o dono da malha. Americana legítima. Então esperamos o resultado, vamos torcer. Que é isso, ó meu, pensamento positivo. Não vejo a hora de ter as perguntas, acabar o pesadelo, dormir sossegado. É verdade, até parece mentira. De repente o dia ficou bonito, o céu limpo, o mundo clareou. Eles retornaram às aulas bem mais leves.

Na saída, Sérgio parou junto ao bedel e disse:

– Seu João, amanhã preciso falar com o senhor. É muito importante.

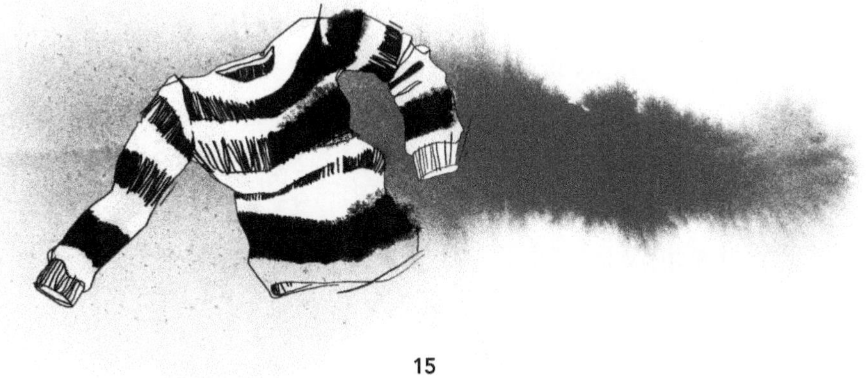

3

Estamos conversados?

Apesar de ter peito, Sérgio não estava calmo. Sentia um frio na espinha. E se o homem refugasse, mais que isso, armasse escarcéu, botasse pra quebrar? Seria um deus nos acuda. Com tudo a que tinha direito: escândalo entre os colegas, os professores, a própria diretoria.

Que bicho ia dar? Sei não, mas vamos nós. Eu sou mais eu.

E foi, passando pelo portão, alegremente, e seguindo amável, sorridente, e nos entremeios assobiando fagueiro. O rapaz despreocupado, o simpático de sempre. De malha jogada no ombro, porque já esquentara desde cedo, além de ser necessária. Posso dar agorinha mesmo. O que será, que será? Vou direto ao assunto, não vou, abordo o homem de escanteio, de passagem, assim:

– É isso: a malha e trezentos.

O bedel ficou olhando para ele, sem piscar.

– Tudo junto, por três provas: Matemática, Física e Química.

O bedel continuava imóvel, somente olhando e ouvindo.

– Trezentos e a malha. Ninguém vai saber.

Sorrindo e sorrateiro:

– Depois tem mais dinheiro.

O bedel, até que enfim, se abriu:

– Quanto mais?

Sérgio foi magnânimo:

– Prova a prova.

– Trezentos cada uma?

Acordou do seu devaneio:

– O senhor está doido? Trezentos pelas três. Cem cada uma que a gente pedir.

Uma pausa sofrida, Sérgio olhando o movimento de alunas, as árvores, as nuvens, o bedel calculando.

– Trezentos, quando?

– Amanhã. A malha agora, pode ficar.

O bedel espiou dos lados, apreensivo, e exclamou:

– Eu, ficar com sua malha? Aqui? E o que é que vão dizer?

Sérgio bateu pronto:

– Se alguém reparar, eu deixei para o senhor guardar.

Apaziguado, seu João recebeu a malha. Enfim, proprietário. Sérgio reparou na sua expressão, uma beleza de se ver. E prometeu ajustando firme:

– Amanhã de manhã, trezentos. E o senhor me entrega as provas.

O bedel acenou de cabeça, combinado. Mas subitamente estremeceu, amedrontado, e largou:

– Eu, passar pra você na frente de todo mundo?

Sérgio riu:

– Qual o lugar melhor? Ponha num envelope, eu abraço o senhor, pego e ponho na minha pasta. Na frente de todos, sim. Normalmente.

Seu João foi percebendo, abrindo um sorriso, tranquilizou-se. Esse menino é fogo, seu rosto dizia. Sérgio recebeu aquela admiração, decerto primária, e só então ficou à vontade. E reparou que pingava de suor. E por cima da carne-seca, enfim se mostrou natural. Tanto que insistiu:

– Amanhã, trago sua bolada.

O bedel agradeceu com os olhos, estava mesmo pela bola sete, e se apartaram. Felizes. Cada um com a sua miragem: João o dinheiro, Sérgio as provas. Pode haver acordo melhor?

Entretanto, o bedel teve problemas. Confundiu o trabalho diário, não disse nada quando chegou em casa, nem dormiu direito. Sérgio também não esteve normal, nem riu nem assobiou, até ficou cismando.

– Que diabo inventou esse homem? – perguntou-se a mulher de João.

– Que diabo mordeu esse menino? – estranhou a mãe de Sérgio.

O bedel esperou a manhã seguinte, pelo dinheiro na mão. O rapaz arrecadou o mesmo, que se materializou a tempo, e foi entregue, tudo bem, mas surgiu um imprevisto em seguida. Inesperado maior. Examinando as provas, apenas as questões, faltava resolver: quem iria responder às perguntas?

4

Pausa que pinta

Preocupado era apelido. A mãe, em apenas um dia, reparara na sua transformação. Que dirá agora! Precisava disfarçar, continuar cuca fresca. Brincalhão, borboleteante, sem se fixar assobiando. E nisso ele era bom.

Pensou que era, mas nem tanto. Foi um custo. Levantara a grana, imaginando que as provas estivessem resolvidas; que esperança! Tinha de resolver. E ainda que se mostrar o mesmo, garotão, quando nem sabia o que dizer a Carlão e Fábio. Amanhã devo me explicar.

Chegou em casa, ninguém reparou nele, pegou um livro, largou, ligou o som. Estava assim, se embalando, e Laurinha apareceu. Essa não, reagiu com a irmã caçula. Mas logo se corrigiu. Pegou a menina no colo, cinco anos mimados, e decidiu que ficava por conta dela.

Em dois minutos, alugado à disposição. O estojo de maquilagem havia surgido, esmalte, ruge e batom, a garotinha querendo ficar bonita. Olhou os cremes, pincéis e cores, a irmã esperando, achou que podia colaborar. A mãe ia gostar de alguém se ocupando da filha menor.

Sérgio começou pintando as unhas da irmãzinha. As unhas eram pequeninas, diminutas, e ele borrou os dedos da menina. Ela reclamou, o irmão não sabia, e ele foi buscar papel higiênico, limpou tudo com esmero. Terminada a operação, que nunca imaginara fosse tão difícil e minuciosa, passou a outra mais fácil. Pintar no rosto da criança duas rodelas de ruge. Bem vermelhas, assim Emília. Saíram logo, rápidas e perfeitas, já acostumado nem tremeu. Estava embalado, enfim a mão segura, quando Laurinha exigiu esganiçada a pintura dos lábios. A boca beijando o ar, igual às moças da televisão. Sérgio se atrapalhou. Boca de criança é móvel, plástica, vai para onde o batom quer. Mesmo assim foi acabando, estava ficando uma graça.

O irmão mais velho passou, riu, pensou que Sérgio não crescia. A irmã do meio, já grandinha e metida, passou avisando que não sujasse nada, tomasse cuidado, senão a mãe ia virar uma fera. Ele nem levantou a vista, respondeu que ficasse na sua. E deu os últimos retoques na pintura de Laurinha, notando os seus olhos brilhantes, a expressão muito séria e subitamente adulta da menina.

Ainda que estivesse fazendo aquilo por cálculo, passatempo necessário e normal, brincadeira divertida, tão dele, Sérgio sentiu dado instante que lhe dera prazer. Parou, olhando o rostinho da irmã menor, entre sorridente e apreciativo. E disse para a sua queridinha:

– Veja no espelho. Veja como você ficou linda.

A garota mirou-se demorada, solenemente. Balançou a cabeça, aprovando, estava mesmo uma beleza. Num rompante de agradecer, abraçou o irmão, que a beijou carinhoso, levantou-se e comandou:

– Agora vamos lavar isso tudo, antes que mamãe brigue.

Foram. Ao saírem do banheiro, Sérgio já sabia o que fazer. Telefonou para Carlão e marcou encontro.

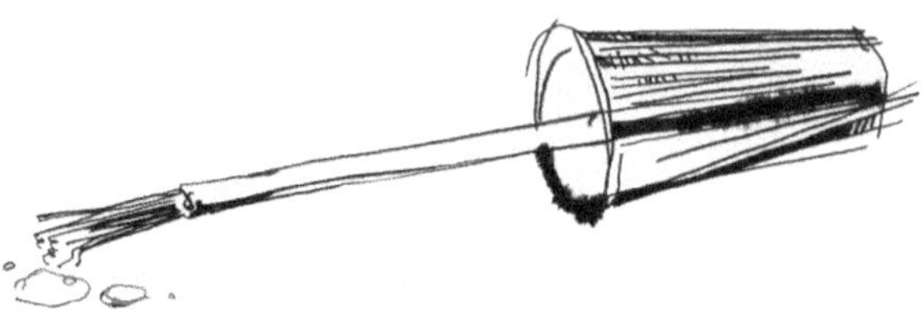

5

Problema operacional

No caminho para a doceria, aos poucos se foi convencendo: era a melhor solução. E de verdade inspirada, pois ninguém iria nunca desconfiar. Todos os problemas resolvidos, os das provas, os deles três, e de uma tacada só. Bastava dobrar Carlão.

O amigo não esperou por ele, apressado veio quase correndo e perguntou com voz de pânico:

– Deu galho?

Sérgio riu e respondeu que não, ajuntando o conselho:

– Fique frio, rapaz. Parece que viu fantasma!

Carlão, um tanto encabulado, justificou-se:

– Foi o seu telefonema. Você falou de um jeito...

– E eu ia falar como? Dando o serviço, pra quem quisesse ouvir? O assunto das provas está encerrado, eu disse, não disse?

– Sim e não. Entendi o pior, que tinha furado.

– Sai pra lá, ó cara. Foi só uma peninha.

Andando pela calçada, Sérgio explicou. O negócio das respostas. Uma surpresa, não é? Quem podia prever? E já que sozinhos não conseguiriam acertar, nunca, havia embananado um pouco. Desamparado, Carlão perguntou:

– Não dava pra arranjar um professor?

– Professor? Você embirutou, meu? Então eu vou entregar as provas a um professor, para ele entregar a gente?

– Pensei num professor amigo, de outro colégio. Alguém de confiança.

– Isso não existe. Professor, não.

Carlão se calou. Sérgio emendou, anunciando:

– Aluno mesmo. E o melhor. Colega nosso.

– Quem?

Sérgio fez suspense e deixou cair:

– Seu amigo Chico.

Carlão espantou-se:

– Você está louco!

– Não estou não. Vai ser o Chico.

– Como é que pode? O Chico... Essa não!

Calmamente, Sérgio insistiu:

– O Chico, sim. Ele tira as provas de letra. Vai ser ele.

Carlão ficou uns segundos em silêncio, pensativo; afinal, recusou a ideia:

– O Chico é assim, como que digo, íntimo dos professores, da diretora, ele não vai topar.

– Vai sim. E isso de ser queridinho da diretora, você também é. Até eu sou.

– É diferente, Sérgio. Ela conhece todos nós desde pequenos, tem de gostar, mas sabe que não somos de nada. Um bando de malandros. O Chico é o primeiro da turma, faz um monte de meses, anos. Ela gosta diferente.

Sérgio não concordava, via a coisa de outro modo. Os professores, a diretora, todo mundo adorava o Chico. Logo, ele estava acima de qualquer suspeita. Além do mais, era gente fina.

– Isso ele é, gente finíssima.

– Então! Vai negar um favor?

Carlão foi percebendo aonde Sérgio queria chegar, entendendo, aí tirou o corpo na pergunta:

– Você fala com ele?

– Eu não. Eu sou colega, você é mais, é amigo. Você quem fala.

– Nem morto! – explodiu Carlão.

Sérgio já esperava a reação, deu um tempo. E tornou, no seu tom mais convincente, argumentando. Eu não posso, aliás não devo, porque não tenho a menor intimidade. Nenhuma conversa sozinho com ele, a sério, fiquei sempre nessa de geral, à toa, comigo não dá. Você, não.

Carlão não precisava ouvir, nem ouviu. Sabia o que Sérgio diria e era justamente isso que o atormentava. Amigo do Chico, sim, desde meninos, amigos de sempre juntos, em festa, cinema e auditórios de música, de longas conversas repetidas. Mas essa amizade, ou afinidade, não incluía estudo e colégio. Aqui uma espécie de barreira separava os dois, o que estudava firme, o que apenas às vezes, um interessado, outro avulso. Tanto que nunca falavam desses assuntos. Não ia chegar, de repente, e pedir aquilo, que horror, logo a ele. Só de pensar, Carlão se envergonhava.

– Eu, não.

Sérgio insistiu, mudando de rumo:

– Você quer estragar tudo?

Carlão não respondeu.

– Se você não falar com ele, perdemos o dinheiro. E ninguém passa.

Pelo dinheiro, tudo bem. Azar o meu. A ameaça de bomba, no entanto, era também miserável. Tanto quanto procurar Chico. Ou mais. Afinal somos amigos. E se resolvia devagar, resistindo, avançando, com a sensação desagradável de que cedia, sou um banana sem nenhuma garra. Devia dar um chega pra lá, virar a mesa. Pois sim. Aqui embocando em frente à caçapa.

– Eu já estou mesmo ferrado.

Entraram na doceria e comeram doces. Sérgio, um. Carlão, cinco. Um saiu leve e outro pesado, no trem igual de sempre: o mais para magro, o mais para gordo.

6

Um cara legal mesmo

A conversa com Chico não demorou muito, foi melhor do que Carlão esperava. Saiu até fácil. Bebendo refrigerantes no bar perto do colégio, após as aulas, os dois acertaram logo o assunto. Mas, ao se despedir do amigo e seguir para casa, Carlão não ia de alma leve.

Fora bem direto, como devia:

– Consegui as perguntas de três provas: Matemática, Física e Química. Preciso que você resolva as questões.

Chico ficara olhando para ele, um instante registrando a notícia, digerindo o apelo, e então acenara de cabeça que sim.

– Preciso mesmo, senão me azaro todo.

– Não tem grilo.

E sorrira, ali tomando guaraná, o mais normal do mundo. Tanto que Carlão sentira necessidade de acrescentar:

– É coisa garantida, não se preocupe.

– Não estou preocupado – Chico respondera de pronto, na sua voz calma.

De novo, Carlão quisera lhe dar informações:

– Foi o bedel quem arranjou, não vá dar bandeira.

Chico rira, meio se divertindo, meio interrompendo:

– Eu não perguntei nada.

Para a seguir, e sério, dizer:

– Você pediu, eu faço.

Era isso, o lado pessoal, que Carlão temera. O favor entre amigos. A obrigação, que um sentia de atender e o outro ficava devendo. Tinha de se abrir com Chico, ir até o final contando. E confessara:

– Olhe, eu não estou sozinho. Entrou mais gente.

Ele dera de ombros, não se importava.

– O Sérgio, o Fábio também.

Chico soltara uma gargalhada:

– Vocês não têm jeito! É sempre a mesma turma.

Depois, comentara:

– O Sérgio não me espanta, continua gozador. Mas o Fábio, que surpresa! Ele não tem um pingo de imaginação.

Carlão registrara a categoria, ou perfil, em que por extensão se enquadrava: gozador imaginoso. E agradeceu intimamente ao amigo. Desanuviado, pois nunca imaginara um tom assim ligeiro, voltou ao principal:

– Amanhã posso entregar as provas a você.

– Tudo bem.

– Quanto tempo leva para responder?

– Um dia. Depois de amanhã devolvo.

– Maravilha.

Chico não fizera nenhuma pergunta, Carlão suportara a maior sensação de dívida. Talvez para atenuá-la, como a se livrar de um peso, afiançara:

– Juro que seu nome não vai aparecer.

Mais uma vez, Chico fora simples:

– Eu sei.

E rindo se levantara, fechando o acordo, pegando o braço de Carlão:

– Não esquenta, rapaz. Vamos em frente.

Justo desse jeito. Natural, amigável. A ponto de Carlão ficar impressionado, comovido, se interrogando. Por que ele se decidira sem pensar, nem negacear, rápido e rasteiro? Por amizade, estava bem. Mas e depois, quando vira que não era só ele, havia mais? Por honra da firma, não se desdizer? Não, Chico não marcava esse tipo de bobeira. E aquilo de não perguntar nada, nem querer saber? E não falar de perigoso, tome cuidado, ao menos pedir que o defendessem. Todo o direito de exigir sigilo, proteção, não digam meu nome, e ali sorrindo, tranquilamente. Não dava para acreditar.

Carlão se perguntava, intrigado. Chico seria um gozador? Sim e não, ou não apenas. Teria imaginação? Claro, para dar e vender. Então fora isso, além da amizade, que o motivara? Uma peça pregada, bem-humorada e particular, contra todos os primeiros lugares e as distinções que viera colecionando?

A dúvida ficou solta, porque achou melhor o positivo caminho da afirmação: Chico era um cara muito legal.

7

Mercado e consumo

Fábio falou com Rodolfo. Sérgio falou com Marino e Filipe. Carlão falou com a irmã Silvinha, que falou com Ana Maria, sua melhor amiga.

– Já somos oito – contabilizou Fábio.

– E abaixo de qualquer suspeita – careteou Carlão.

– Por quê? – Sérgio não entendeu.

Carlão traduziu:

– A rabeira da classe. Podemos sair cantando: nós, os piorais.

Animado, Fábio contrariou:

– Que é que você queria? Que viessem os melhores?

– Deixa pra lá – cortou Sérgio. – Amanhã começamos a fazer o rateio, a receber o nosso dinheiro.

Carlão riu:

– Melhor que muita loja. Quer dizer: satisfação garantida e seu dinheiro de volta.

Foi a vez de Fábio não compreender:

– Como é que é?

Novamente Sérgio interrompeu:

– Para com isso! Quando é que temos as respostas, Carlão?

– Ainda hoje. Vou pegar de tarde.

– Ótimo. Só que tem mais.

Carlão esperou, sem perceber aonde Sérgio queria chegar, até que:

– Vamos querer Português, Geografia e História.

– Pô, você pirou?

– Nós precisamos – Sérgio disse baixo, naquele tom de não admitir discussão.

Fábio veio em seu auxílio:

– O pessoal todo precisa. Você, eu sei que não, mas e os outros? Fazendo as contas, e eu fiz, dá de sobra.

Carlão ficou sem fala. Não acredito, é loucura. E agora eu de novo pedindo ao Chico, naquela de ajude o seu irmão, assim não. A raiva se voltou contra Fábio:

– Você está a fim de ganhar, não é?

Ele reagiu ofendido:

– Eu? Como que pode pensar uma coisa dessas? Estou no mesmo barco.

Carlão virou-se para Sérgio, ele e sua cara de Travolta, ainda mais indignado:

– E você, faça-me o favor! Então isso é rifa? Quer sair por aí distribuindo?

Sérgio esperou, Carlão retumbou:

– Essa não!

Uma pausa, de amainar, e Sérgio sentenciou:

– Nós entramos, vamos nós.

– É um princípio de *marketing* – ajudou Fábio, aduzindo: – Temos consumidor para todas as matérias.

– Vá pro inferno! – estourou Carlão. – Você e seu mercado, suas teorias. Eu quero saber é de mim.

Parou, pararam. Todos aguardando. Afinal, Carlão concordou:

– Está bem. Não por mim, mas por vocês. Eu falo com o Chico.

E foi-se embora, danado da vida.

8

A alma do negócio

Chico, que já havia dado duro, trabalhou mais uma tarde inteira. Se a primeira parte fizera sozinho no seu quarto, achara melhor tratar da última na casa de Carlão.

– Desculpe o mau jeito – o amigo se escusara, completando: – É que tem muita gente a perigo.

– Então eu não sabia? Estava contando com isso, esperando só que você telefonasse.

Carlão se admirou:

– Foi mesmo?

– Foi sim. De onde sai uma, saem três. Se eu pego três, pego todas. Independente da procura.

– Puxa, vida! – exclamou Carlão. – E eu aqui cheio de dedos, sem querer amolar você.

Chico tirou por menos:

– Bobagem. Eu também me divirto, pra mim também é bom. Faço as provas antes. Depois, basta puxar pela memória e escrever.

Carlão apreciava. Os modos, as palavras dele, assim no trivial, e principalmente a facilidade, ali encontrando as respostas e conversando. Fez uma observação a propósito e Chico derrapou de leve, botando banca:

– E o meu *know-how?* Não conta não?

Mas logo voltou ao natural, perguntando:

– Como é que você vai fazer?

– Fazer o quê?

– Vai tirar xerox disso?

Quase respondendo sim, Carlão brecou e pediu opinião:

– Que é que você acha?

Chico veio seco:

– Melhor não.

– Passo ao pessoal e pego?

– Correto. Cada um toma suas notas. De outro modo, você enche a classe de prova resolvida.

Carlão se alarmou com a possibilidade, o mais fácil é sempre um perigo.

– Bem pensado.

– E avise a turma. Acabada a prova, rasgue ou queime.

– Hum-hum.

Chico seguiu escrevendo, meio minuto, e acrescentou:

– Pensando melhor, diga que não façam perguntas e respostas. Disfarcem. Ponham um número, uma frase ou um símbolo, não mostrem o caminho das pedras.

– Vou avisar – prometeu Carlão, mesmo sem se convencer. O bloco era ruim de corte, xucro mesmo, não estava nem aí para sutilezas. Não proibindo, não ameaçando, capaz de levarem cartazes.

– E o fundamental, não falem os nomes de todos. Ninguém precisa saber. Um, para entrar, fala com um. Só isso. Se der rolo, não roda todo mundo.

Carlão lembrou Sérgio, tão dado e falante. Lembrou Fábio, ponderado mas negociante. Quis mudar de assunto, encerrar aquilo, e atrapalhado largou uma frase besta:

– O segredo é a alma do negócio.

Chico deixou passar. Riu de uma pergunta, superior. Cumprimentou uma outra, feliz, inteligente. E seguiu repartindo com Carlão, também por dentro, as nossas armadilhas históricas.

Quando a mãe de Carlão bateu na porta, com a bandeja do lanche, eles estavam às gargalhadas. D. Estela teve um pensamento positivo, seu menino em boa companhia, nunca vi se levar estudo assim despreocupado. Deus conserve.

Mas Chico, ao se despedir, estava preocupado:

– Escute aqui, se manque. Tome cuidado. Não por você, pelos outros, esses malucos.

Carlão riu, que é que é isso, eu vou me apavorar com Sérgio, Fábio, onde já se viu? Chico não desconversou, manteve o aviso. Claramente:

– O Sérgio é um porra-louca. Bom sujeito, mas biruta, espanex. Um alegre.

– E o Fábio, Chico? Mais velho, plantado, ele sabe das coisas. Ou não?

Chico não precisou responder, ficou olhando negativo. Nem era para dizer, Carlão entendera, mas assim mesmo duvidou:

– Não sei.

9

Fique fria

Término das aulas. As matérias dadas, o fim de semana pela frente. Para estudar, rever, voltar preparado. Ou não fazer nada. E apesar disso tirar as provas de letra.

Carlão deixou a classe numa de afinal. Tudo acertado, resolvido, podia gastar sábado e domingo em clube, cinema ou festa. Uma festinha vinha bem. Depois da piscina, só mesmo *rock* e paquera. Com direito à bebidinha de alegrar.

Andou pelo pátio e, de repente, viu Cristina. Emparelhou, disse oi. Foi respondido e reparou que ela ia mais séria do que nunca, diabo de menina; sem refletir perguntou:

– Está chateada?

Cristina sorriu amigável, não, tolice, e ele viu que estava num bruto desamparo, ali andando e sorrindo.

– Que é que foi?

Ela caminhando, os livros e cadernos de encontro ao peito, e calada, e sorrindo, a ponto de chorar. Ele do lado, também se afligindo:

– Pelo amor de Deus, Cris. Me diga.

Cristina mudou, relaxou, se explicou:

– É Matemática. Agora na revisão, vi que não sei. Dois dias não dão pra nada, não aprendo nem morta. Estou numa péssima.

Carlão desanuviou e riu:

– Só por isso?

Cristina não achou graça:

– E você quer mais?

A voz foi subindo:

– O professor é aquilo, não tem diálogo. Nem adianta perguntar. Eu, por mim, não chego a lugar nenhum. Está bom, está?

Carlão segurou a barra, não ia se descobrir. Cristina ali de menininha, quase chorando e bronqueada. Mantendo a pose. Adorou, desadorou, amoleceu. Mas não teve logo o que dizer.

– Bobagem.

– Pra você. Pra mim, está ruço.

– Tenha calma – pediu Carlão.

Lembrando a viagem aos Estados Unidos, eles todos por lá três meses, um programa que pulava do interior de Kentucky para Nova Iorque, tinha São Francisco e Los Angeles, Orlando e Disneylândia, uma definitiva loucura. Com cidadezinha, casa e culto dominical, tempo de ver paisagem, de curtir neve, com hotel, arranha-céu e trânsito de cidadona, olhe nós aqui. Na mixórdia de ir e vir. Com Sérgio paquerando Cristina, com ele sempre nas encolhas. Parece que foi ontem.

– Tenha calma – repetiu Carlão.

Podia dizer que aquela malha, comprada na Macy's, estava com o bedel? E que as provas estavam com a gente? Quanto à malha, tinha bem presente: Cristina palpitara, decidira, a escolha fora mais dela. E agora?

Continuou andando junto, solidário. E veio vindo, muito a favor, acreditando até numa espécie de justiça. Ainda que não gostasse de recordar, ela merecia. E, resolvido, aplainou:

– Não é tão ruim assim, Cris. Eu posso lhe dar as respostas de Matemática.

Cristina pareceu descer, pouco a pouco, enfim chegar ao seu nível:

– As respostas? De Matemática? Como assim?

Carlão foi devagar e ligeiro:

– Deixe comigo. Eu lhe dou. Está bem?

Sem entender, Cristina insistiu:

– Como?

Ele foi sincopado:

– Eu tenho as questões. Eu resolvo. Eu passo para você. E tudo bem.

Cristina entendeu e não, ficou entre maravilha e susto. Parou, riu nervosa, tornou:

– Você tem a prova?

Sem acreditar. Carlão, naquele momento de glória, se fez olímpico:

– Fique fria. Segunda-feira, entrego o ouro. Você já passou.

Deu tchau e foi-se embora.

Ela não teve tempo de dizer uma palavra. Também não saberia o que dizer. Custou a seguir andando vagarosa.

10

Passar o fim de semana

Carlão não teve festa nem piscina. Choveu, a maioria dos amigos fez programas de estudo, ele sobrou. A noite de sábado gastou até altas horas vendo filme na televisão, cochilando feito velho. Domingo saiu, foi a dois cinemas, lanchou fora, bateu perna, sempre sozinho. E sem querer voltar pra casa. No entanto, dormiu cedo, e bem.

Sérgio borboleteou em torno da família, dos longos almoços, das conversas gerais, no entra e sai dos amigos do pai, das amigas da mãe, na grande e povoada casa aberta aos rapazes e moças e crianças que eram moldura da sua irmandade. Contou anedota, viu jogo na tevê, jogou cartas. Mesmo que o desejasse, não conseguiria ficar só. Foi bom.

Fábio, esse esteve mais ao redor, nunca dentro de nenhum grupo. Aliás no seu normal, muito despassarado. Mais velho e pingente. Apenas aceito. Só de paisagem, de complemento, só que dessa vez consciente e sentido. Tenso, infeliz, roendo as unhas. Um rapaz envelhecido precoce, de fora para dentro, achando-se sem lugar. E péssimo.

(Por que os três não se procuraram? Sérgio nem pensou, Fábio pensou demais. Carlão afastou qualquer possibilidade, ora que ideia, preciso respirar. E para Chico, por que não ligara? Pelo mesmo e simples motivo. Nada que lembrasse, a próxima semana ia ser uma pauleira, não tinha de se antecipar. Os outros dois sentiram isso? É possível que sim.)

Cristina, de agregada à última hora, sofreu tempo integral. Se não aceitasse a oferta, dançava. Aceitando, meu Deus, resolvia o problema, sim, mas pelo pior. Contra ela e sua imagem. Era a primeira vez que pensava nela mesma como projeção, não somente uma pessoa, além, mais, gente posta num círculo. E nas repercussões de um ato, uma atitude, ao contrário de si própria. Era horrível.

Chico não se arredou da sua rotina. Leu, ouviu música, até namorou. Como teria provas, estudou um tanto. Não que necessitasse, de puro sistema, não vamos afrouxar. Comeu um pouco mais, dormiu um pouco mais. Descansado, quase feliz, com a sensação de que vencia o ano. Sem dúvida lembrando aquela brincadeira dos colegas, de um amigo. Inconsequente, esperava. Quando parava pensando, ficava apreensivo, e logo desligava. Divertido.

Os outros, reconheçamos, não se amofinaram particularmente no fim de semana. Porque não se tinham envolvido, mas só comprado as respostas das provas. Assim, e como havia gente a mais, os demais, eles se imaginavam sócios de um empreendimento, ou consórcio, com todos os encargos divididos. Claro que sobrava quase nada, uma responsabilidade pequenininha, com que se afligir. Olhando de longe, percebia-se que não compreendiam o que estavam fazendo, ou não estavam à altura da sua transgressão, que entretanto haviam escolhido, e com entusiasmo. Esperavam as provas sem a menor preocupação, livres de compromisso. E alegremente.

Será que foi? Não vamos discutir isso agora, mas, como disse um poeta, as coisas deixam resíduos. Tudo se deposita, o bom e o ruim, só que o lado mau vira carga, sobrecarga, difícil de suportar, enquanto o lado claro se aligeira, se ilumina e levanta voo. Um escurecendo, outro melhorando a gente.

O pessoal da *camorra* não reparou nisso? Decerto que sim, e disfarçou. Naquilo de eu não estou nem aí. Mas estava. E não vamos nos meter nas suas dúvidas, e ânsias, e nos seus medos. Explícitos. Ainda que longe e protegidos por aquela repartição de culpas.

Os promotores, os seguidores. Estes idealizando, aqueles aderindo. No confronto entre os dois grupos, os nominados e os sem-nome, os que principiaram e os zerados ou nivelados no negativo, os que logicamente se irmanavam à espera dos furos salvadores do sistema, havia um caso à parte. Contrastado, contratipo: o bedel, seu João, com carteira e categoria.

Ele, coitado, não comeu nem dormiu direito, nem tinha televisão, ou se tinha não aproveitou. Logo reparou que havia feito besteira, sem jeito de corrigir. E se arrenegou pela visagem da malha, um desejo tão juvenil, e pelo urgente do dinheiro, como se fosse novidade, e pela facilidade com que distribuíra adoidado as provas. Em mais de uma turma. Não adiantava deitar, que não chegava o sono. Tanto que levantando para beber água, vagando pela casa, surpreendido pela mulher, não achou nada melhor para dizer, aturdido largou:

– Essa escola não dá mais. Vou partir pra outra.

A mulher, estremunhada e de camisola, na escola há anos, ela, ele, a filha, só perguntou:

– Você está doido, João?

11

A hora da verdade

Dia de prova não presta, nem um pouco. Por mais bonito que seja, o verão chegando glorioso, a gente não percebe. Fica naquela de bobeira enervada. Querendo entrar em classe e acabar logo, livrar-se, liberdade boa mesmo é cedo.

Eles fizeram tudo como de costume, só que havia uma diferença: conheciam perguntas e respostas, sabiam tudo, e talvez por isso rissem mais. Rir não era novidade, todos riam o tempo todo. Mas dessa vez foram naturais. Tanto que se alguém prestasse atenção, reparasse, veria que estavam compostos. Falando e gesticulando meticulosos, como se fossem atores, representassem uma peça. E o teatro seguia espontâneo, otimamente à vontade. Igualzinho a um pregão cantado na manhã.

Felizmente ninguém percebeu, que ninguém estava de sobreaviso. Nem Sérgio eletrizado, nem Carlão suarento, nem Fábio olhando para os lados. Cristina, coitada, lastimável sorria. Chico, felizmente, manteve-se o mesmo. O resto, com maior ou menor envolvimento, era o que se refere como arraia-miúda. Indo e vindo ao sabor. E natural, não chamando atenção.

A primeira prova passou, a segunda também, a terceira findou no normal de sempre.

Então, desarrumando tudo, quarta-feira começou um zum-zum, um ti-ti-ti, um não se sabe o quê.

Havia uma tempestade se armando, negrejando, que trazia o mau agouro da maior enchente.

Carlão foi o primeiro a entender:

– Esse bando de bobos não podia tirar boa nota.

Sérgio discordou:

– Então você não pode acertar uma bola dentro?

Quase lamentando, Carlão conferiu:

– Não todos os ruins de bola. E ao mesmo tempo.

Sérgio entendeu, tanto que não disse nada. Fábio só piorou:

– Estamos descobertos.

– Também não é assim – discordou Carlão. – Vamos esperar.

Não esperaram muito. Logo souberam de uma reunião de professores, inteiramente fora de época. E viram no jeito deles, meio descompassado, que havia alguma coisa no ar.

– Desconfiaram – alarmou-se Fábio.

Tinha de ser. A prova de Matemática fora um sucesso, mais da metade da turma acertando quase tudo. A de Física, então, divina: uma iluminação geral. E que dizer de Português? Nunca tantos haviam sido tão inteligentes.

– Vocês são uns tontos – insistiu Fábio. – Distribuíram as respostas alucinados. Era impossível não desconfiar.

Sérgio não concordava:

– Não foi e você sabe. Devem ter facilitado entre eles, não partiu do grupo. Vai ver que a situação não está tão feia como parece.

Carlão veio todo:

– É, não pode estar.

E, no entanto, bastava olhar em volta. O clima andava mudado, pesado, de se cortar com uma faca. Nada parecido com a agitação de fim de ano, últimas provas, novembro acabando naquela euforia. Os professores passavam calados, paravam cismando. Fazendo cara de quem pensa em problema.

Foi então que Chico deu a notícia:

– A prova de Química vai ser teste.

– Como é que é? – estranharam todos.

– O professor acabou de me dizer. Amanhã não será nada daquilo. Ele vai improvisar teste na hora.

Entramos bem, reagiu Carlão. Descobriram, apavorou-se Fábio.

– E agora? – perguntou Sérgio.

– Agora é ir em frente.

– Mas de que jeito?

Chico se demorou a responder:

– Vocês têm de fazer Química direito. Se não fizerem, vão saber que as três primeiras provas foram fajutadas. Não dá pra disfarçar.

Carlão o interrompeu, com desalento:

– É preciso um milagre.

Chico riu e prometeu:

– Vou pensar em alguma coisa. Tem de haver uma solução.

E se picou, deixando entre os colegas um feitio de esperança. Carlão disse o que estavam pensando:

– Se a gente acertar Química, termina essa desconfiança.

Era mesmo. Por isso, Sérgio recomendou:

– Gruda no Chico, Carlão. Até ele fazer a mágica.

12

O jogo da borracha

Como Chico se atrasou um pouco, eles já estavam suando. Muito de ansiedade, mas também de calor, porque o dia começara abafado e pegajoso. Ameaçando trovoada.

O amigo chegou sorrindo, via-se de longe que despreocupado, naquele seu jeito de andar ligeiro e seguro. Alívio geral. Os três sentiram, ao mesmo tempo, o problema resolvido e de quebra foram tomados por uma onda de ternura, repentina envolvendo, que simplesmente dizia o quanto gostavam de Chico.

– Tudo certo? – Carlão perguntou.

Confirmou de cabeça, num aceno pausado. E anunciou baixo, como a pedir atenção:

– Fiquem olhando para a minha borracha.

Os outros aguardaram, se entreolhando na pausa que ele fez, um tanto abobados. Fábio cortou a espera com voz de urgência:

– Vamos logo, pelo amor de Deus.

Chico riu, ainda gozando o efeito da sua introdução, e explicou:

– O teste, em cada pergunta, dá no máximo quatro alternativas. A, B, C e D. Prestem atenção na borracha. Eu vou colocá-la, pergunta por pergunta, em uma posição de resposta. Esquerda no alto, direita no alto, esquerda abaixo e direita abaixo. As quatro alternativas, pela ordem, e as respostas. A, B, C e D. É simples.

Os três olharam para ele, incrédulos. Chico viu os rostos se abrindo nos sorrisos parados, de pura admiração, e se sentiu pago.

– Incrível! – exclamou Carlão, mexendo-se no mesmo lugar, incapaz de ficar quieto diante de tamanha imaginação. Impulsivo abraçou Chico e no ato se achou um pouco aproveitador e calhorda, por aquele rompante de afeição interesseira. Tanto que francamente ajuntou: – Grande!

Chico sorriu amigável, num lampejo agradecido.

Aí Sérgio, até então calado, quis saber:

– E quando não for nenhuma alternativa?

Olhando para ele diretamente, como se estivesse surpreso de que fosse o autor da indagação, Chico falou sério:

– Estava esperando por isso. Também é simples. Eu fecho a borracha, sumo com ela, escondo a borracha na mão.

Os sorrisos em volta foram totais. Por um momento eles se irmanaram na sensação gostosa de um plano perfeito, agentes secretos, ou conspiradores, de uma empreitada que não podia falhar. O inverso da missão impossível. Mas foram chamados, despertados:

– Vejam o tempo. Eu baixo a cabeça, resolvo a questão. Marco, manejo a borracha, passo à seguinte. Reparem, sigam o que estou fazendo. Não compliquem.

Tudo bem.

Carlão somente se apressou:

– É preciso tomar os lugares.

– Isso aí – respondeu Chico. – Sento na primeira fila, no centro. Vocês se distribuem. Dos lados e atrás.

Ótimo. Bastava colocar, em sequência, outros que recebessem a mensagem da borracha, com as respostas.

Rapidamente eles se dispersaram. Para informar, acertar, organizar. Melhor seguir o padrão, ir repetindo o aviso no mesmo lugar sobre a carteira. Haja borracha. Entraram em classe felizes, de alma leve. Chico era demais.

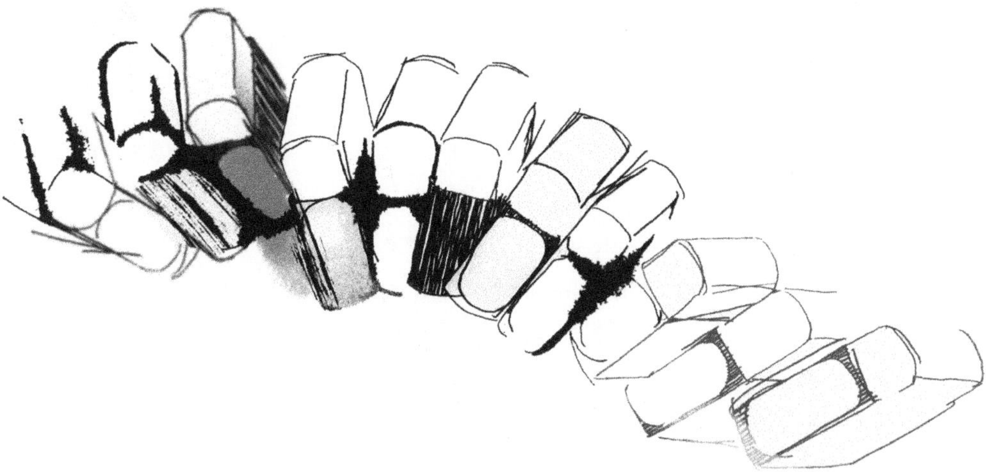

13

Preto e branco

Aquele sufoco, mas passou. Raspando a trave. Feito jogo duro, em que alguma escapada pega a defesa aberta e arma rolo na área, com o salve-se quem puder até a bola fora, o teste de Química ia-se transformando numa carnificina, de tão difícil.

A salvação da lavoura foi o professor. Nem dava para acreditar, mas foi. Ele chegou, escreveu as perguntas no quadro, sentou-se, abriu o jornal e ficou lendo. Assim como quem diz: agora eu quero ver. Ou como quem apenas se desincumbe de uma tarefa, mais por obrigação. Haveria sido mandado?

Por um momento, Carlão desconfiou que sim. E na boca de espera de Chico, que ao lado resolvia a primeira questão, disfarçado a rabiscar numa página de rascunho, aos poucos sossegou, enfim acreditou que não. Pensando bem, não podia ser, não fazia sentido. Bastava olhar o homem, ver a sua calma. Estava com o ar de sempre, ali bonachão, quarentão, os óculos prateados, os cabelos idem, mergulhado nos editoriais e artigos da página política. Iria prestar-se a armadilhas?

Chico não desconfiava, tinha certeza. A prova, teste ou não, era um verdadeiro massacre. Loyola podia ler o seu jornal tranquilo, que mais da metade do pessoal entrava bem. Ninguém precisava fiscalizar ninguém. Armada a arapuca, esperavam. Depois, separando os caídos nela e os não, matavam a charada. Só ver o histórico de cada um, juntar pé com cabeça.

Felizmente os colegas não percebiam, nem poderiam saber. Porque não havia remédio, nenhum; passar recibo de ignorância ficaria pior. O improviso, um complicador, mas prova dos nove da irregularidade. Ou não apontaria sempre os mesmos? Ir em frente e seja o que Deus quiser. Penalizado, se pôs a trabalhar nos quesitos.

A borracha entrou a movimentar-se, duplicada, decuplicada livremente. O professor continuou a ler, palmas para o Loyola. No entanto, o silêncio foi completo. E demorado. Parecia uma demonstração da maior seriedade.

Na saída, Chico passou pelo desafogo dos amigos sem muita conversa. Não valia a pena levantar a lebre, começar o pânico, agora não. Até amanhã.

O dia seguinte, ao contrário do que se esperava, conseguiu ser ainda pior. Não que a prova de Biologia houvesse mudado: continuava igual, suas respostas sabidas e decoradas. O clima é que se alterara, muito, passara a pesar, carregado, uma verdadeira nuvem preta. Culpa exclusiva do professor.

Preto e branco, da água para o vinho. Tanto quanto Loyola era gente boa, interessado, paciente, discreto, Eduardo era uma peste. Autoritário, atacado, falador. Um maduro, outro jovem. E justamente o moço parecia horrível, pois variava nas suas maneiras: com os diretores, uma flor; os alunos, com casca e tudo. Além do mais, tinha espinhas e dava a impressão de sujo.

Pois foi essa pérola, esse Eduardo carreirista e pavão, quem durante a prova semeou o terror. Simplesmente virou bedel, fiscal, passeando entre as carteiras o seu paletó xadrez, interceptando olhares, farejando cadernos. Uma coisa feia de se ver, deprimente. Mas produtiva. Os que não tinham entendido, por alheados ou otimistas, afinal compreenderam. O mar não estava pra peixe.

– Entramos bem – concluiu Fábio.

– É mesmo – concedeu Sérgio, muito contra a vontade.

– Que baixaria – suspirou Carlão, autocrítico.

Foram para casa, tensos toda a vida. Se dormiram ou não, mais ou menos, problema deles. O fato é que na manhã do outro dia, chegando à escola, cada um recebeu do porteiro o aviso: Diretoria, às 10 horas.

14

Ecologia às avessas

A escola é uma ilha. Cercada por muros e gradis, tem lá dentro um casarão antigo e construções novas, muitas árvores, pátios e alamedas, espaços lançados em níveis diversos e largos. Encravada na rua de classe média inferior, lembra alguma coisa de reserva. Com todas as implicações do nome, desde o confinamento até a excrescência. Em outras palavras: segue sendo ilha.

Quando mudou de endereço – pois principiou casa modesta, outra pegada, foi-se ampliando em puxadas e anexos –, ela anunciou um grande avanço. Naquilo de bairro nobre, residencial e sossegado, ar puro, trânsito livre, as chamadas instalações definitivas. De um superior projeto educacional. Só que planejamento não é o nosso forte, nem se imagina que será. Ou confundimos, sempre, o nosso desejo com a realidade.

A escola não fez exceção. Em si, como edificações e áreas dependentes, era quase o ideal. Mas estava pessimamente localizada, suas vias de acesso marginais de um rio poluído, esgoto a céu aberto. Como se não bastasse, uma fábrica de plásticos nas proximidades. Com um cheiro acre, de química, sobre o prévio dos dejetos da lixeira líquida correndo perto. Bonita, sem dúvida. E, no entanto, fedida.

Sabemos que a poluição avulta no inverno, aqueles meses de cinza e frio, quando toneladas de detritos industriais pairam no ar, suas partículas pesadas inflamando os olhos, cortando a respiração, entrando pelos ossos e encurtando a vida. Numa cidade como São Paulo, não há para onde correr. Sofremos todos essa fatalidade.

A escola, uma fatalidade? Não é bem assim, pensando nos esforços dos interessados, os diretos e os indiretos. A ideia do lucro, às custas dos demais, será pelo menos discutível. Entretanto não aqui, agora, que só vem ao caso de passagem. A verdade é que os alunos penavam no inverno de modo geral, e no verão de forma particular.

Porque o verão acende os cheiros. E quando todos deveriam estar felizes com o céu azul, as árvores verdes, o sol, o calor aquecendo o mundo, as pessoas, movimentando e dinamizando, havia aquela catinga. Mau cheiro mesmo, fedor, fedentina, uma caca. Que o rio trazia, emanando gosmento. Que a fábrica de plásticos agravava, emprestando ao ambiente uma qualidade impessoal, queimada, metálica, de violenta crueza indefinida. Cheiro lacrimoso e pestilento.

As mães, de manhã, traziam seus menininhos pequenos e iam embora. Os diretores, ou diretoras, faziam também que não. Não sentiam. (Quem sabe porque, no sentido contrário ao da marginal, logo chegavam aos seus bairros, ajardinados, aconchegantes, superiores, e tendiam a esquecer; nisso até que a escola fora muito bem localizada.) O resto, quer dizer a maioria, a totalidade que ficava, não se acostumava propriamente, mas ao ser absorvida pelo cheiro ruim vivia embotada e sombria.

Ó essa capacidade que tem o homem para se adaptar! Boa ou má, verdadeira ou não? Fábrica de sabonete é odorizada, perfumada, e pesa do mesmo jeito que o seu reverso, da lixeira à cloaca, nos dois casos as emanações provocam dor de cabeça. Por mais que pareça, não se pode afirmar que as assimilemos. O mais provável, nesse feitio de nossa normalidade, talvez seja uma espécie de nivelamento por baixo. Simples fruto do costume, que dita o igual de comportamento. Respirando quase sem sentir, porque não queremos sentir, vamos em frente. Mas deixemos de lado as sutilezas: há quem goste da banda podre?

Em verdade, na manhã do dia em que Sérgio, Fábio e Carlão foram chamados, o verão se antecipara. Novembro na sua beleza. De cores, de tudo. Fins de novembro e suas promessas. Só que o cheiro, o mau cheiro, estava de matar. Pesando emerdado, e com o acréscimo do plástico de marca estrangeira. Mistura para ninguém botar defeito. Ou não somos um povo bilíngue? Basta olhar os cartazes de rua, quem sabe ler pode ver português e inglês. Vamos apertar o nariz e marchar para o sacrifício.

Os três foram. Com disposições diferentes, ainda que mais ou menos assustados. Sérgio tinha a sensação de azar, como quem joga e perde, ou escorrega e cai de cara no chão. Fábio roía as unhas, agoniado esperando o fim do mundo, não lhe restava nada a fazer. Carlão estava envergonhado, isso era o que importava e não a volta do bumerangue, podia até aceitar a ideia de reprovação. De qualquer modo, rumaram para a Diretoria combinados: todos na retranca.

O curioso é que nenhum deles estranhou, talvez pelo sentimento de culpa, aquela chamada não geral ou individual, mas precisamente deles, só deles três. Por quê?

15

Triângulo desamoroso

Por mais preparados que estivessem, nunca imaginariam tamanho escarcéu. Em dois minutos a diretora gritava e batia na mesa, branca de raiva, os olhos injetados, a ponto de ter uma coisa. Transtornada, mesmo, nenhum teatro. Podiam garantir.

Aquilo os impressionou, além do espanto inicial. Desde que a conheciam, até onde lembravam, era a primeira vez que a viam assim. Ameaçadora. Enfeiada. E eles a viam bonita, ainda bonita, a mulher madura, loura e grande que fora tia, a presença diária, quase íntima, por anos a fio se atarefando próxima, sorridente, e que, apesar de pouco a pouco distanciada, continuava amigável. Mais que isso, carinhosa.

Não a Mary de agora. Ali em frente suando, porejando, os cabelos empastados, a voz esganiçada a repetir que eles a haviam decepcionado, traído. Alternando emoção e fúria, de olhos vermelhos se controlando para não chorar. Fumando, pegando e soltando a régua, mudando o lugar de objetos sobre a mesa. Incapaz de ficar parada.

Sérgio teve pena dela. Sabia-se dos três o mais querido e mimado, esforçava-se por sustentar os olhares que pousavam nele com insistência, num misto de acusação e mágoa. Puxa, que enrosco.

Fábio cruzava os braços com força, escondendo as mãos trêmulas. E de repente notou que não a beijara, nenhum deles o fizera, a entrada seca apagara um costume de tanto tempo. Era triste.

Carlão estava arrasado. Vergonha, vexame, cabeça baixa. Não levantaria a vista para ela, nunca mais seria capaz de encará-la. Amizade é como signo, pensou, faz parte da gente. E o coração apertou.

Felizmente o desconforto se interrompeu. Em meio à ladainha de som lamuriento uma nota subiu, estridente e sombria. Um tom de ameaça por sobre o nivelado, não mais pessoal ou da vivência de cada um, mas projetado para o depois que se desentranha. Institucional. No sentido da escola, dos seus princípios e fins. Como por magia, e coisa-feita de iguais sortilégios, o encanto se quebrou. Eles ficaram atentos, na defensiva.

– Eu quero falar com vocês três em particular: Sérgio, fique. Os outros esperem lá fora.

Assim curta e grossa.

Eles se olharam, nem precisavam falar. Uma espécie de crisma. Do que já tinham combinado: negar, negar sempre. Devo e nego.

Não esperavam é que demorasse tanto. Sérgio ficou demais, quase meia hora. Mas saiu fagueiro, dizendo oi, a mesma cara de pau. Fábio foi igual, ou parecido, porque veio pingando e respirando fundo. Carlão gastou pouco tempo, não sei nem quero saber, feito mula. E na marca do pênalti. Dependente, arriscando em cima dos amigos, aqueles bobocas.

De Sérgio não tinha medo. Era rápido e rasteiro, borboleteante, mas simpático, uma enrolação só. Nem uma junta médica ia juntar as pontas, costurar uma operação qualquer. Já com Fábio tudo mudava, não se tinha a menor garantia. Sujeito mais imprevisível. Seria provável que caísse na armadilha mais tola, e fosse levando tudo de cambulhada, suando, no *bebop*, um boliche de não restar ninguém em pé. Quiuspa, xingou.

Na esquina onde se encontraram, vários quarteirões depois, não deu outra, nem podia, foi mesmo confirmação, Sérgio estava na sua:

– Tudo bem.

– Tudo bem como?

– Eu neguei. E assumi, um pouquinho só. Eles pegaram o bedel, vocês viram, grampearam aquela vaca. O homem falou, eu disse que somente pra mim. Que nem dei bola. Esqueci. Não tinha mais ninguém, ninguém mesmo, não tinha mais ninguém no pedaço. Tudo bem.

Carlão olhou para Sérgio com uma certa afeição. E se virando para Fábio, e mudando o diapasão, perguntou:

– E você?

– Foi horrível.

– Foi horrível como?

– Eu nem sei o que é que disse.

Visivelmente nervoso, Carlão interrompeu:

– Disse o quê, seu?

– Não, espere, não é nada disso. Eu não disse nada. Foi horrível a conversa, o arrocho.

E Carlão se recompondo:

– Sei. Que mais?

– Eu segurei tudo, não falei.

– Como não falou? Ficou aquele tempão lá dentro calado? Sem um pio?

– Falei abobrinha.

Carlão sorriu, mas tornou:

– Não disse nada?

– Não – garantiu Fábio.

Apaziguado, Carlão acenou para os dois, ótimo, formidável, mas vamos organizar os trabalhos:

– Se Chico aparecer nisso, eu quebro a cara de vocês dois.

16

Somos todos inocentes

Dois dias de pausa, mas aparente. Por baixo da rotina, correndo subterrâneas, as coisas se armavam. E afloravam em pequenas explosões sucessivas.

Primeiro foi seu João ausente, soube-se logo que demitido, a mulher dele chorando pelos cantos. Depois as notas das provas que não saíam, enquanto as das outras classes já enchiam os quadros de avisos. Enfim os boatos surgindo, engrossando: vão instaurar uma comissão de inquérito.

Carlão não gostou da formalidade, menos a providência em si e mais a maneira de dizer, aquele feitio de política.

Sérgio brincou, sem acreditar:

– Com coronel e tudo?

Fábio agarrou-se à dúvida, como um náufrago, e lamentável deixou patente o seu medo, insistindo que era cascata, vai ver não acontece nada.

Em três horas perdeu as ilusões. Foi Chico quem disse a Carlão, acabara de ouvir da própria: a Neide, orientadora pedagógica do Ensino Médio, ia dirigir o inquérito.

– Isso é bom ou é ruim? Que é que você acha?

– Não dá pra sacar.

Entretanto, Carlão ficou aliviado. Melhor que a Mary. Porque não aguentava nova entrevista com ela, porque orientadora não faz tanta força quanto chefona. Deve ser para constar e normal, nos conformes, um troço administrativo.

Continuaram como se tudo seguisse no mesmo curso, não fosse apertando. Sérgio rindo, Fábio roendo unha, Carlão observando. Ao seu modo, cada qual resistindo.

E o ritmo ao redor se acelerou.

Viram Neide em reunião com Eduardo, um monte de provas na mesa, os dois tomando notas adoidados.

– Nossa! Ele encaçapa a turma inteira.

– Vende a mãe para se promover.

– E não entrega.

Viram Ruth, a psicóloga, em reunião com Loyola, ambos conversando e escrevendo, visivelmente chateados quando percebidos.

– Não bate, um e outro não batem.

– É, não tem sentido.

– E essa Ruth é uma lazarenta.

Viram as duas duplas, Neide e Eduardo, Ruth e Loyola, chegando com pastas ao gabinete de Mary, pouco antes do almoço.

– Agora entramos bem.

– Ora, se. Aposto no pior.

– Pode apostar.

De certo modo, antes assim. Vendo e ouvindo, na sequência que escurecia, o tempo fechando em torno deles. Pois os telefonemas não demoraram.

Receberam a convocação, naquela mesma tarde, para a reunião com Neide. Na manhã seguinte, às 10 horas. Os nomes?

Sérgio, Fábio e Carlão, está claro. E Silvinha, Mônica, Bibi. E Filipe, José Carlos, Rodolfo, e Marino, e Quico. Ah, Carolina, Ana Maria e Bruno.

Escalada a turma toda, ou quase. Pelo jeito seria uma reunião inicial, como a de Mary, para em seguida entrarem no inquérito. Com tudo a que tinham direito.

Depois da convocação, depois de acalmar Silvinha e atender três chamadas de colegas apavorados, Carlão ligou para Sérgio e Fábio; muito lacônico, saiu e foi encontrá-los.

No caminho, pensou um bocado e desencontrado, a cabeça funcionando feito um filme, desses com efeitos visuais, que parecem calidoscópio. Tinha de se acostumar à ideia de perder o ano e ser expulso, tinha de avisar Chico que se mancasse e não desse bandeira conversando com ele, tinha de segurar a barra de Sérgio, mais de Fábio, enfim de todos, achar um jeito de não prejudicar a moçada, como diabo fora desabar o circo, pegar fogo, não era de se acreditar, só de ver prova e nota, confrontar, não podia não, tinha mais, alguém falara, falara demais, na entrevista de Mary ou nos corredores, uma palavra aqui, outra ali, terminam juntando as peças e formando a cena, acabamos nesta porcaria. Calma, ó meu, não perca a esportiva. Mas vamos e venhamos, alguém escorregou.

Uma desconfiança, sempre mais palpável, se instalou no juízo de Carlão. Juízo como julgamento. Ou tirocínio, vale dizer.

Chegou assim escabreado, avistou Sérgio e Fábio na esquina, olhou mais para Fábio. E contrariado afastou a vista, devia controlar-se. Sem essa de fantasma.

Gastou a conversa com os dois batendo na mesma tecla: vamos negar de pés juntos, somos todos inocentes.

17

Como lastro ao mar

Após a reunião e as conversas, deixou a escola sem querer pensar em nada. Quase meio-dia, sol quente, o calor infernal. Como não sabia do seu horário, dispensara o carro. Devia andar um bocado até o ponto de ônibus.

Melhor, foi devagar e pensando Carlão. Exercício para se castigar, sauna, era bom perder uns quilos. Precisava. Ele se viu caminhando, o rapaz grande e encorpado, lépido cruzando a manhã. E, no entanto, se gostava do verão, odiava suor, afogueamento, esse bafo subindo do asfalto. Além do mais, fedorento.

Por que os livros que lia não falavam de calor? Não descreviam esse abafamento, pesando, arrastando as pessoas em câmara lenta? Engraçado, talvez os autores nem sentissem. A verdade era que brasileiro não escrevia do verão, ou escrevia pouco, nunca a sensação de agora, aplastante. Lembrou-se de haver comentado isso com Chico e da sua resposta: é complexo, ninguém quer ser tropical, subdesenvolvido. Riu sozinho, mas logo se anuviou.

Tinha de proteger Chico, defender os outros. Não adiantava esquecer, ou penitenciar-se, quando a cabeça fraqueja o corpo padece. O sacrifício viria na certa, estava na cara. A reunião não deixara dúvidas.

Neide pusera a turma em frente, ligara o gravador e falara quinze minutos. Expondo a situação, dizendo das providências. E citando, nominalmente, os presentes. Ladeada por Eduardo e Martins, os dois calados mas patibulares, com jeito de inquisidores.

Finda a encenação, foi aquela zorra. Tinha gente chorando, protestando, tinha gente passada. Aí Martins gritou silêncio, avisou não vem que a coisa é séria. O pessoal entendeu, ele do naipe de Eduardo, mais, ligadão com a diretoria, ou Matemática não era um terror? Biologia ainda vinha vindo. O fato é que os dois, juntos, acabavam com as esperanças em Neide.

E foi aquela pauleira. Melou tudo: provas iguais, puro xerox da prova de Sérgio. Mais algumas quase iguais, ao contrário do resto da turma. Constantes numa única variação. Dava para acreditar, ver seriedade naquilo? O bedel havia confessado: passara as provas.

Aproveitando a entrelinha, Sérgio fora ótimo. Naquilo de ele passou pra mim, de camaradagem, eu esqueci. Ou não, como é que vou saber? E ter prova parecida é novidade? A gente estuda junto, vive junto, não dá pra ser diferente. Como é que vão pensar isso de mim? E dos outros? Basta olhar. Aqui tem picareta?

Neide se aparvalhou. Eduardo e Martins vacilaram. Infelizmente, o grosso da tropa não entendeu, continuou tremendo e culposa. O imbecil do Fábio também. Aí eles recrudesceram, deitaram e rolaram, ameaçando meio mundo. Meio não, todo. Uma pinoia de se assistir.

Precisava reconhecer. Pela primeira vez, vira a extensão da besteira que fizera, sua gravidade e suas consequências. Atingindo colegas tão indefesos. Coisa de louco, de não se imaginar. E com repercussões que não previa, que não queria prever, por tamanhas e horrorosas. De um lado, Sérgio fora uma beleza e Fábio uma tristeza. De outro, ao revés, Fábio mostrara senso de proporção e Sérgio não estava nem aí. Entre os dois, qual escolher? Não se decidia. Mas estava certo de Sérgio, não de Fábio.

O importante, insistia, era que se isolassem. Naquilo de Sérgio, Fábio e eu. Os únicos. Sem precisar ir até o fim, prova passada, bastava a sugestão. O resto, viria deles. Se fosse pra valer, ano perdido e os três expulsos. Senão, vamos cumprir as etapas, uma de cada vez. Não adiantava atropelar. O importante, repetia, era largar os outros pelo caminho. Como lastro ao mar.

E não me venham com bobagem, que não admito. Estou assumindo. Quer dizer, vocês também. Se for à vera, nos danamos; se não for, a volta por cima. A esta altura do jogo, não dá pra desconversar. Sérgio e Fábio tinham ouvido, claro que de maneiras diversas, nem pestanejaram. Eu, hem?

Passou a viagem de ônibus pensando. Entrou em casa e o telefone tocou. Era Cristina, apavorada, dizendo que tinha sido chamada pela Neide.

Carlão fez das tripas coração, tolice, você está fora disso. Vá e negue tudo. Que é que há, menina? Eu passo aí, hoje mesmo, vou ver você.

Desligou sem entender. Cristina? Alguém tinha falado. Uma prova só, na base do amor? Esse palhaço do Fábio! Exclamou e se desdisse. Não podia acusar.

18

Diálogo difícil

A casa era grande, cheia de livros e quadros. Entrou e foi direto para um salãozinho lá atrás, com bar, banco de alvenaria tomando a parede maior, almofadões, *posters* americanos plastificados, a série ecológica de serigrafias mostrando São Paulo de verde a nublado e a chumbo. Pela porta envidraçada se via uma sala de estar, mais ou menos próxima, onde as pessoas da família assistiam à televisão. Cristina perguntou baixo:

– Que é que está acontecendo?

Carlão sentiu um calafrio. E, no entanto, sorriu, se recompondo, para dizer:

– Com você, nada sério.

Ela desafinou um pouco ao exclamar:

– Não!

Ele teve pena, sentiu que precisava ir devagar e cuidadoso:

– Espere aí, Cris. Vamos botar as coisas nos seus lugares. Nós entramos em fria, nós, quer dizer eu e mais dois. Outros estão mais ou menos atrapalhados, pode ser. Mas você, não. Você fica de fora.

– E a Neide me chama? Pra quê?

Carlão conseguiu rir:

– Como é que vou saber? Não deve ser nada grave. Como deu bode com muita gente, ela quer ouvir você. Uma de xeretice, inquérito, agora todo mundo entrou nessa.

Cristina ficou calada, mas acesa. Não demorou a perguntar:

– Quem são os outros dois?

Ô diabo, essa não! Carlão meneou a cabeça, estilo expressão corporal, e, apesar, ela aguardou em silêncio. Tinha direito de saber. Contrafeito, largou:

– Sérgio e Fábio.

Sorrindo, Cristina fez um gesto de tudo bem.

– Eu estava certa. Era só para confirmar.

E pensativa deixou cair:

– É meio a meio.

Carlão, no fundo, concordava. Meio a meio, sim. Infelizmente era. Entretanto, se viu obrigado a garantir:

– Os dois estão firmes.

– Estão? – Cristina duvidou.

– Juro – tornou Carlão.

– Por enquanto.

Admitia. Naquela agonia, mas sim, por enquanto. Elementar, minha cara.

– E como é que fui entrar no bolo?

Não tinha resposta. Tinha só dúvidas, e horríveis. Conforme estava percebendo, as mesmas de Cristina, ou ela era tonta? Nem pensar.

– Não vamos entender tanto, sem ouvir a outra parte. Você não sabe o que a Neide quer.

– Eu sei. Ela quer me ferrar.

– Ora, Cris! A Neide?

– É, sim. A Neide. Basta parecer boazinha, simpática, e vocês vêm todos. A Neide, ela mesma. Sempre esteve do lado de lá.

Carlão, mais uma vez, se viu descoberto. Nas suas mais particulares desconfianças. Essa garota está em todas, por isso gosto dela. E rindo, e concordando implícito, ainda assim resistiu:

– A Neide não tem nada contra você.

– Só quer a minha caveira.

– Está louca? A troco de quê?

– Sei lá! Não sei. Mas é.

Apesar de espantado, Carlão não encontrou o que opor. Capaz de Cris fazer sentido. Apesar da dúvida, maneirou:

– Não sei não.

– Pois saiba – ela encerrou o assunto. E partiu para outra: – Mas, me diga, que é que você acha? A Neide quer de mim o quê?

Carlão não teve saída:

– Deve ser a prova de Matemática.

– É isso aí.

– E você se fecha.

– Como? Eu me fechar... Não ia resolver aquilo nem em dia de festa! Preciso dizer alguma coisa.

Sim, tinha razão. Precisava explicar a mágica.

– Você diz que recebeu um telefonema.

– É, mas de quem?

Carlão foi pronto:

– Deixe comigo.

Cristina também:

– Diga o nome.

Ele riu, levantou-se, deu uma volta no salão e voltou, sentou--se, para responder:

– Silvinha. Diga que ela telefonou, passou as respostas numa boa. Pode dizer.

Cristina pensou que irmã, irmão, são iguais mas nem tanto. Carlão pensou o mesmo, só que dava um jeito. Silvinha já estava perdida. Ainda repetiu:

– Pode dizer.

Ela assentiu de cabeça, seja o que Deus quiser, e espanou:

– Vou é fazer compras. O Natal está perto, vou fazer compras. Tenho os meus presentes.

Na saída, a mãe de Cristina se despediu muito atenciosa, talvez um pouco demais. Foi mesmo.

19

Quem pode pouco fala muito

Fábio abriu a porta e deu com a mendiga.

– Espere, vou buscar o dinheiro.

De má vontade entrou à procura da mãe, arreliado se perguntando: por que é que vim atender?

Apanhou a esmola semanal, trouxe para entregá-la à mulher. Reagindo contra, não se acostumava, onde já se viu freguesia de pedinte? E ouvindo a seguir os agradecimentos da velha, em italiano, uma ladainha embrulhada e asmática.

– Não tem de quê, não tem de quê. Amém.

Afastou-se rapidamente, desgostoso. Seguido pela figura da mendiga, engelhada, incolor, a cabeça desgrenhada e os olhos piscando melosos, aquele monte de trapos escuros à maneira de roupas. Achava horrível.

Foi à geladeira, apanhou um refrigerante. O mau humor diminuiu, baixou, deu lugar àquela insistente sensação de nada. Balão estourado, subitamente. E que deixa um infeliz vazio.

Podia estar feliz? Não, só se fosse doido. O ano perdido, mais um, disso tinha certeza. E perigava ser expulso, com todas as honras de estilo. Igual a dizer: escrachado. Para exemplo do que não se deve fazer, ele o modelo às avessas.

Feliz? Que ideia! Se estivesse normal, ao menos o de sempre, que internassem. Camisa de força e tudo.

Bebeu mais um gole. E essa mendiga, que tristeza. Não gosto, nem olho, passo na rua e desvio a vista, não tenho necessidade de ver para saber, pobreza eu conheço. Mais do que mereço. E no constante, no retalho, só não quero isso de total e sem remédio. Porque dá medo, eu sei. A ponto de me desgovernar, patinando derrapar, não consigo manter as aparências. O pior de tudo, não é? A gente se esforça, organiza a guerra, vai no possível. Nem mais nem menos, ali medido. E por que minha mãe tem pedinte de caderno?

Se eu fosse o Sérgio, estava na minha. Não dava bola para o azar. Bastava ser o Carlão, o Chico. A vida pela frente, sem preocupações, nada engripa quando o sujeito pode. E eu não posso, nunca pude. Tento sobrenadar, apenas isso. E se me encostam na parede, ali marca do pênalti, dano a falar. Não me controlo. Sei disso, sei muito, sei que falo demais.

É que não sou o Sérgio, não sou Carlão nem Chico. Foi um custo a Mary me aceitar, eu que não tenho onde cair morto. Até que eu acreditei. Em simpatia, amizade. Pra quê? Pra nada. E me explico, e falo e falo e falo, e eles não vão entender nunca. Estão noutra, são de outra. Agora não dá pra endireitar.

Vou procurar minha turma. Não é essa, nunca foi, eu me iludi à toa. Vou para um colégio barato, porque sou barato. Quem sabe me adapto? Isso de um cara estar na dele, sem figuração, deve ser bom. Eu não sei, nunca soube. Tenho fé em que vou conseguir. Sem precisar falar, desembestar, destrambelhado me justificando. Não tenho que dar satisfações. E também não preciso dizer bobagem, como o Sérgio, nem sorrir superior, como o Carlão, o Chico, eles podem. Eu falo porque não posso. E se posso pouco, falo muito. Para compensar.

Fábio ficou bebendo o seu refrigerante por um tempo infinito. O dele, o dos outros, por um tempo desordenado e inconstante. De certo modo, sentindo-se calmo. Ou apaziguado. Mas não conseguiu se libertar de uma perseguidora imagem: a da mendiga.

20

Compras de Natal

Bonita a nova decoração. Ainda que nas cores tradicionais, nos motivos de sempre. Entretanto, havia uma profusão de bolas, filandras e colagens prateadas, que davam ótimo efeito. E Cristina gostava de prateado.

Chegou cedo ao *shopping center*, logo depois de as lojas abrirem. Levada pela mãe que nem estacionou o carro, se despediu com duas ou três recomendações, ah, sim, não esqueça da vida e atrase para o almoço. Ela entrou no clima festivo, visual, sonoro, caminhando ao compasso de velhos sinos rumo ao centro de compras.

Achara melhor assim. Sair, não estar em casa. O aviso de Neide fora dado a uma empregada, meio bronca, faz de conta que não recebera. Queria primeiro ter conversado com Carlão, pensar, dar um tempo. Não se mostrar ansiosa. De tarde ir a um cinema, já acertara, Telê viria buscá-la. Depois lanche e corpo mole, chegava em casa na hora do jantar. Aí Neide podia ligar de novo, que só amanhã. Ou não haviam acabado as provas?

Matemática, uma droga. Precisava de sete, fizera pra mais, tinha certeza. Todos tinham. Agora, vamos ver. Se a coisa apertar, digo que faço outra vez. Apenas isso. Apertando mais, digo que recebi um telefonema de amigo. Amigo não, amiga, fica mais natural e por fora. Paro aí. Nome? Nem pensar. Eu vou falar na Silvinha? Carlão é um amor, mas paquera tem hora. Eu nunca dedaria a irmã dele, coitada.

Mas a ideia do telefonema é boa. O Martins sabe que eu, sozinha, não conseguiria sete, nota de suficiente, depois de zerar. Bastava quatro. Mas recuperação, precisando de sete, nunca. Eu, esta mongo. Quero dizer, esta boba, preciso avisar o Sérgio que não use tanto mongo, a Bibi tem um irmão pequeno que é. Como ela diz? Autista. Sim, terrível. Pois eu vou chegar a sete em outra prova? Sei não, sei que devo manter a pose. E se prensada, tenho de propor, uma espécie de tira-teima. Minha nossa!

Viu vitrinas, entrou em lojas, tomou um sorvete. Devagar e à toa, muito avulsa. Passadas quase duas horas e todo um andar, inclusive o míni *shopping*, não tinha comprado nada. Sorriu por dentro, quando chegasse em casa ia haver gozação. A mãe repetiria que era pão-durismo, não era de indecisa não, devia-se endireitar.

Entrou a olhar as coisas pensando em amigas, querendo escolher presentes adequados. Presentes não, lembranças. Estava assim vendo uns brincos, separando, comparando, quando alguém falou perto, às suas costas, e ela se assustou. Muito, de correr um frio na espinha, do coração disparar. Virou-se a medo, deu com o povo em volta: senhoras, casais, pessoal moço. Tudo no habitual da manhã de compras. Recompôs-se, lentamente.

E seguiu, se esforçando por vencer aquilo, o ímpeto de espiar por cima do ombro, atentar nas pessoas próximas, um comportamento arisco e agoniado roçando o pavor. Tinha de vencer aquilo. Sabia que demorava, o assalto fora há pouco mais de um mês, o pior já passara. Já não ficava de ideia fixa, a lembrar sempre, na permanente sensação de um perigo perto, escondido, que de repente cairia sobre ela. Como acontecera, horrível. E dentro de casa, atingindo a família toda, violência não se esquece. No entanto, se amacia e atenua. Até mesmo um tiroteio de madrugada, quando você está amarrada com pai e mãe, trancada tremendo, e não sabe o que virá. Sim, fora pior. Levava tempo. Agora não sonhava, nem suava mais.

Obrigou-se a comprar os brincos, depois um cinto e afinal um porta-retratos. Passou numa livraria, entrou, folheou livros, gostou de uma antologia que mandou embrulhar para presente. Viu quais os filmes da semana, decidiu-se pelo francês de boa crítica. Entre uma coisa e outra, parara com sede, pedira um refrigerante. Calmamente, era o que ela queria, ou parecia. De repente, precisou se apressar.

Cristina chegou em casa pontual. Tomou banho, vestiu-se, almoçou. E estava respondendo a umas perguntas da mãe, que um tanto casual se preocupava com as provas, os telefonemas, a visita de Carlão, tudo a esmo e todavia ligado, quando Telê veio buscá-la. Felizmente.

As duas foram ao filme francês, lancharam, passaram no clube. Conversando, a sério, fofocando no trivial. Cristina riu muito, como sempre, porque Telê era engraçada, de inteligente e maluquinha, uma companhia de ninguém botar defeito. Além de serem amigas desde pequenas, ou talvez por isso. Uma sabia todo o jeito da outra, adivinhava longe, não dava para enganar. E Cristina reparou que apesar de tudo, daquele natural e à vontade estouvado, alegre, carinhoso, Telê não estava a mesma. Não adiantava perguntar onde, no quê. Não era a mesma. Logo devia saber, ou tinha ouvido falar, esperava só que contasse. Entendeu, mas não disse nada. A amiga se calou, respeitando. O que por si só já dava o nível de gravidade do assunto. E, no entanto, as duas estiveram ótimas, quase além da amizade que as unia.

Voltando e cumprimentando o guarda, que era novidade no portão. Cristina entrou em casa sorridente, descansada, bem disposta. E deu com Neide sentada na sala, esperando.

21

As gravações

O dia começou normal, com feitio de intervalo. Havia sol e calor, as aulas vagas, os boletins de notas no quadro de avisos. Um ar prévio das férias que se aproximavam, uma espécie de pausa. Visível pelo movimento do bar, pelos grupos dispersos nos pátios, pelas rodinhas em volta da piscina. Quase um jeito de festa.

Carlão estranhou aquilo, não estar acontecendo nada. E disse a Fábio, já muito sobre o desconfiado, que não respondeu. Apenas encolheu os ombros, fatalista.

Foi assim até o meio da manhã, um descanso, quando então o jogo virou. Na base da reversão e com força. Aí, os dois parados, viram as coisas se sucederem rapidamente. Um lance depois do outro.

Primeiro Sérgio chegou, bem fora do seu natural. Vinha sério, falando devagar, e deixou cair:

– O Eduardo, aquela peça, acabou de me avisar. Mandaram chamar o Inspetor Federal.

Fábio exclamou baixinho:

– Meu Deus!

Carlão ficou em silêncio. Sérgio tornou, a voz de raiva:

– Tinha que ver a alegria dele. E tudo o mais: os subentendidos, as ameaças. Estava na maior felicidade.

Ficaram os três calados, pensativos. De repente sentindo o clima pesado de se cortar com uma faca. Mas não por muito tempo, nem deu para reagir, pois logo a seguir apareceu Chico. Informando também:

– Olhe, só para vocês saberem. Tem duas secretárias, desde ontem, passando as fitas das gravações. Transcrevendo tudo, todos os depoimentos. Vai dar um bruto dossiê.

– Bom proveito – riu Sérgio.

– Não brinque – advertiu Chico. – Eles não estão fazendo isso por nada.

Carlão olhou para o amigo, acenou de cabeça que sim, sorriu agradecendo e sem dizer uma palavra. Chico foi embora.

De novo ficaram os três sozinhos, de novo calados. Olhando o pátio fronteiro, as árvores, ouvindo o zum-zum de conversas próximas cortado por gritos e risos, entregues a pensamentos desencontrados que voltavam sempre ao inspetor, às gravações. Fábio roía as unhas, Sérgio fumava. Carlão só olhava em frente.

Por isso foi quem viu Cristina, do outro lado, saindo do prédio da diretoria e vindo na sua direção. Ela caminhava devagar, de cabeça baixa. Como se não soubesse aonde ia. Só o viu quando estava bem perto, e demorou a acordar, a cumprimentar. Carlão perguntou:

– Como é que foi?

– Uma droga – respondeu Cristina.

Ele interessado, ela passada. E com a mesma voz travosa, impessoal e no entanto aos arrancos, Cristina contou:

– A Mary está uma fera, transtornada mesmo. Nunca a vi desse jeito. Gritando, avermelhando, quase chorando. Histérica. Vai fazer um carnaval completo.

O silêncio, então Carlão:

– E você, Cris?

– Eu fiquei na minha, nem falei. Morrendo de vergonha. Até que ela se tocou, discutiu as coisas direito. Da maneira antiga. Vou fazer nova prova de Matemática, amanhã ou depois.

Sérgio foi amigável:

– Você sai bem dessa, Cris.

Ela sorriu para ele, quem sabe? E se voltando para Carlão:

– Ah, tem mais. Na entrada, cruzei com a Silvinha. Ela me beijou e disse, no ouvido, que tinha assumido o telefonema. Quando a Mary me perguntou, fiquei calada. Mas confirmando. Quando ela me perguntou de vocês, dei alteração. Pensa que tenho a ver, que sou dedo-duro?

Eles riram, se despediram, ficaram. Sérgio e Carlão envolvidos, Fábio se confrontando no depoimento. Cristina tensa, ruborizada, por instantes era como se ainda estivesse com eles.

Aí, não bastasse o rol de novidades, Telê riscou nos degraus da escada e anunciou:

– A mãe da Bibi morreu.

– E eu com isso? – estourou Sérgio.

– Você, imbecil, vai ter que ir ao velório. Como todo mundo. Hoje, à noite. No Gethsêmani.

– Nem morto – encerrou Sérgio.

Entretanto foi, ao vivo. Como todos, previstos por Telê. O ambiente americano, iluminado e moderno, disfarçava muito a ideia de morte. Apesar da família chorando. Eles cumprimentaram, foram solidários, choraram também. De certo modo estavam a fim. Uma certa altura, no café, Mônica virou para Cristina e, na frente dos outros, disse:

– Ah, Cris. Com você não dá nada. Mary é sua amiga.

Cristina ia engasgando, mas ganhou fôlego:

– Mônica, burrice tem limite. Não seja tão idiota.

Telê, Carlão, Sérgio, tiraram Cristina de perto.

22

Bomba

A sexta-feira não era 13, mas foi sinistra.

Faltou um funcionário aqui, outro ali, três ao todo, e como efeito de boliche os ausentes iam derrubando em volta, nada funcionou.

Logo cedo uma faxineira passou mal, de verdade mesmo, ficou no pátio gemendo e branca, precisou vir ambulância pra levar.

As notas atrasaram, não saíam, os alunos reclamavam e recebiam respostas atravessadas, de cara feia, uma perfeita confusão.

É certo que o calor não ajudava; ao contrário, esquentava os ânimos.

Mas também ninguém esperava que passasse daí, de simples nervosismo ou atropelo, que fosse um dia diferente.

Com direito a tudo de ruim, de pior, verdadeira bomba.

Ela estourou no estilo de sempre: zum-zum, conversa, enfim notícia.

Só que acelerada, de estopim curto, fazendo uma terra de ninguém onde os rostos surgiam admirados.

Sérgio foi quem tirou seu pino e jogou, alegremente, o petardo:

– Passaram as provas também para o 9.º ano.

Assim anunciado e garantido.

– Não! – espantou-se Fábio, abrindo um sorriso.

Carlão se levantou, pasmado, perguntando:

– Como é que você sabe?

– Eu tenho minhas fontes – brincou Sérgio. Depois, explicou:

– A coisa veio vindo, desde ontem, explodiu hoje. Primeiro diz que diz, aquela história, mas agora confirmado. Já tem professor falando, está um bruto rolo.

– Imagine! – exclamou Fábio abestalhado.

Não vamos tão depressa, era a cara duvidosa de Carlão.

– Você tem certeza? E prova?

– Chico ouviu da Neide.

Bem, então era.

– Foi o que me disseram.

Bom, vamos confirmar.

Foi, não deu outra, voltou.

– E agora?

A interrogação, em voz alta, engrenou uma reduzida na euforia dos amigos.

– Você acha que a barra pode pesar mais? – Fábio quis saber, ansioso.

Sérgio riu:

– Pior do que está não pode ficar.

Carlão calado, cogitando. Até que:

– Pode ser que dê a doida na Mary, na diretoria. Que resolvam punir todo mundo, de uma vez, para acertar os ponteiros. Ou não pode?

Os dois não responderam.

– Vamos esperar.

Os dois em silêncio ainda.

– Esperem aí. Por que esse ar de enterro? Não é pra cima, mas também não é pra baixo. Entenderam?

Fábio, então, disse o que estavam pensando:

– Só tenho medo que eles nos casquem, só nós, para o resto compreender.

Os outros não disseram nada.

Fábio insistiu:

– Não é um jeito de livrar a cara?

Balançaram a cabeça, concordando.

Felizmente Cristina apareceu, vinda não se sabe de onde, caiu no meio deles como aparição, bonita, e perguntou:

– Vocês já souberam?

Sinalizaram que sim.

– E gostaram?

Encolheram os ombros.

– Eu também não sei o que pensar.

– Não pense – sugeriu Carlão.

Depois, amaciando, acrescentou:

– É melhor.

Cristina sorriu, entendendo, e sem saber repetiu:

– Vamos esperar.

Carlão, Sérgio, Fábio concordaram.

– E você, como vai passar o fim de semana? – Carlão se interessou.

– Estudando – informou Cristina.

E se explicando:

– Tenho nova prova de Matemática segunda-feira. Chico vai me ajudar, repassar todos os pontos. Só acordo na próxima semana.

Fábio deixou passar. Sérgio ficou meio cabreiro. Carlão também, mas achou que Chico era boa-praça. Cris merecia.

23

Calma, Cris

Passando pela sala e vendo a filha, de cabeça baixa, fazendo um exercício, enquanto Chico esperava, a mãe de Cristina teve uma sensação de problema resolvido.

Durante uma semana se arreliara, desde o primeiro telefonema percebido ficara preocupada e quase entrara em órbita. Cristina não escondera nada, como sempre, botara logo as cartas na mesa. Contando tudo do princípio, as suas dúvidas, o seu ingresso por tabela no grupo das provas, a descoberta e a vergonha, a expectativa do que ignorado se desencadeava sobre ela. O mundo perigando desabar, de uma hora para outra. E aquela ansiedade que a levava a falar demais da conta.

Disfarçou a pena que sentia, conseguiu não repreendê-la nem se escandalizar, enfrentar a situação como se fosse natural. Tenha calma, recomendou. Pensando que era justamente o impensável, que a coisa parecia a continuação de um outro pesadelo, o do assalto, e a filha estava no seu clima de anormalidade, entre susto e medo. Fragilizada, seria a palavra de definir.

Por dois dias suportou sozinha, sem querer contar ao marido. Então, com cuidado, ela contou. A sua reação foi previsível:

– Puxa, mas que diabo!

Depois:

– Também essa escola é uma bagunça!

Depois:

– Queria que oferecessem e não aceitasse? Só se fosse imbecil!

Depois:

– Se não tivesse acontecido aquilo, que mexeu com a gente, ela não teria entrado nessa.

Assim, aos rompantes. E se acalmando, já ponderado, aconselhou:

– Não faça muita onda. Tire por menos.

A mulher, reconhecendo nele a maneira de vir chegando ao razoável pelos caminhos bem pessoais, enfim perguntou:

– Você não vai falar com ela?

Achou melhor não:

– Ela fica sem graça. E eu também fico meio constrangido. Você mesma fala, diz que eu sei. E dá uma força.

A partir daí, seguiram de perto a sucessão dos fatos, informados e interessados. Cristina falava com a mãe, que comentava com o pai. Eles se indignavam (esse inquérito é sinistro), se emocionavam (essa meninada está num sufoco), caíam no lado pessoal e só viam a filha (a culpa não é igual). Compreendiam que se tomassem providências, mas recusavam os métodos empregados. Por que tanto aparato? Ao saberem da possibilidade de uma segunda prova, a seguir confirmada, respiraram aliviados. E um tanto fagueiros passaram a torcer pelo resto da turma.

Tudo isso, a que podemos chamar apoio, influiu no comportamento de Cristina. Ela se fez mais compassada, mais resistente. Teve ânimo para aguentar as entrevistas, que foram dissimuladas e penosas, mas saiu delas sem muito desgaste. Aos poucos, se recompôs. E chegou a telefonar para Chico, até se admirou de haver tomado a iniciativa, pedindo o seu auxílio. Não se arrependia: Chico era um amor. Como também Carlão, tinha de reconhecer. Uns amores. Defendendo, protegendo, ajudando. Se não fossem eles, estava perdida.

Estudou o fim de semana inteiro, alugando Chico, coitado. Passou todos os pontos, um por um. E entendendo. Como dizia o Martins, não era um bicho de sete cabeças. Não era mesmo, dava raiva de não ter prestado atenção, aos poucos e no tempo certo. Quem mandou? De qualquer forma, agora sabia.

Domingo à noite, antes do lanche, o pai entrou na sala e viu os dois em cima dos cadernos. Pensou que solidariedade é uma coisa bonita, o melhor do homem. Foi simpático, muito amável com Chico. Cristina percebeu e gostou.

24

Tudo ou nada

Porque ainda era cedo, Carlão achou que devia ter sido o primeiro. Mary começara por ele, chamando-o pelo porteiro mal chegara ao colégio, em poucas palavras comunicara a decisão: as provas zeradas, as médias insuficientes, havia perdido o ano. E procurasse outra escola. Apenas isso, não fariam mais nada. Melhor assim, discretamente, sem onda. Entendesse e tudo bem.

A entrevista fora curta e grossa. Também não restava muito a dizer, de um lado ou do outro. Ele saíra como se tivesse levado uma paulada, zonzo, e apesar dos pesares atropelando as ideias, pensando a mil, feito filme acelerado. Lucidamente calculando, que atitude tomar ou não, agora o momento. Entretanto surpreso, espantado mesmo, como se não esperasse. Podia ser diferente?

Sentou-se num canto do pátio, sozinho isolado, e ficou ali quieto. Precisava botar a cabeça em ordem, fazer planos. Mas não conseguiu. Olhou as árvores, as nuvens, o sol amarelando a manhã, avivando as cores, o mundo, e flutuou se distanciando. Longe dos problemas, solto no ar. Imaginou-se personagem de livro, de novela, de cinema, vivendo romances e aventuras e heroísmos. Ele no centro dos acontecimentos, recebendo os aplausos. Um vencedor.

Cristina passou em frente, a caminho da sala de aula, Martins passara minutos antes. Acenou para ela, natural. Felicidades. Não se levantou, não diria coisa nenhuma, não enquanto não terminasse a prova. Faria bem, tinha certeza. Arranjaria o sete que precisava.

Pelo menos ela, desejou, numa força de pensamento positivo. Corrente pra frente, sorriu cruzando os dedos. Cristina não devia ser penalizada.

Estava nessa, com o sol no rosto e até apaziguado, quando Fábio surgiu lá na porta da administração. Vinha arrasado, se arrastando. Expressão corporal é isso, pensou Carlão, querendo rir. E se preparando para o pior. Acabara o sossego, agora ia ser uma choradeira, tipo sessão contínua. Levantou-se e gritou:

– Então já sabe?

Fábio não respondeu, não de longe, veio macambúzio e disse baixo:

– Deixe de bobagem. Você gostou?

– Não. Mas qual é? Nós tentamos.

– Besteira. Nós não tentamos nada. Fizemos besteira.

– E pagamos. É isso aí. Tome uma Coca-Cola e esqueça.

– Pra você está bom.

Carlão parou de brincar, ficou sério. Arrependido da sua ligeireza, não podia não, Fábio não merecia. Mudou de tom para dizer:

– Que é que há, ô meu? Estava só aliviando a barra. Você não vai desesperar, vai?

– Não, não vou.

E Fábio sentou-se, calou-se. Ali no chão, uma coisa desengonçada, via-se que danado da vida. Carlão escorregou e sentou-se também, calado ficou, melhor assim. Os dois olhando o pátio, a escola mais para vazia, a manhã ganhando o céu de um azul embaçado.

Meu Deus, como é bom sentir o meu corpo, esta vontade! Ser livre é isso? Creio que sim, não tenho saudades, vou-me embora. Por que chorar, se não escolhi? Me puseram aqui eu era pequenininho, não me perguntaram, nem adiantava, deu nisso e eu pago, recebo o troco. Vou-me embora. Tem mais? Tem. Como naquele verso, o mundo é grande porque não tem sentido.

Carlão viu Sérgio apontando, Fábio nem aí, Carlão viu e se preparou, Fábio continuou fora do ar, Sérgio chegou de ventilador ligado:

– Nós vamos e eles ficam.

– Nós, quem, cara-pálida? – perguntou Carlão.

– Nós, eu, você, Fábio e os outros. Nós vamos embora. Os menininhos, os do 9º ano, ficam. Está certo?

Carlão não respondeu logo. Por um instante, pensou em justiça divina. A seguir, bem-disposto como estava, pensou que não era tão simples. Eles, os queridinhos da Mary. Os culpados da Mary. Os traidores da Mary. Podia ser diferente?, repetiu-se.

– Ora, Sérgio! Larga mão dessa tolice.

Sérgio largou, ainda que incrível largou, ficou sem resposta e sentou-se. Como se necessitasse apenas de um comando. Amoitou ali, igualzinho a Fábio. Desarmado. Carlão apenas sorriu, mas era mais.

Cristina apareceu, veio vindo, parou diante deles:

– Bem, acabou o sufoco.

– E como é que foi? – Carlão perguntou.

– Acho que deu, que eu consegui.

– Claro que você passou. Agora vá descansar.

– Vou sim. Estou o fim...

Ela deu tchau e foi-se embora. Quando já se distanciara, Fábio perguntou a Carlão:

– Por que você não disse?

– Espere, dê um tempo.

Ficaram de novo calados. Fábio sem pensar, encolhido no chão. Carlão pensando nos outros, quantos iriam se ferrar? Aí Sérgio estremeceu, como se acordasse, levantou-se e disse:

– É isso aí: nós jogamos e perdemos. Foi tudo ou nada.

Carlão riu:

– Foi nada. Lona. É onde estamos.

25

Produto final

Na sala dos professores, só encontrou Neide. Tomando umas anotações. Loyola deu boa-tarde, foi à garrafa térmica apanhar café, sentou-se cansado.

– A semana começou feia. Parece até que já é sexta-feira.

Neide riu, afastou as folhas da sua frente, pegou também um café. E voltando, e puxando conversa:

– Que é que você queria? Eu nunca vi tanto bolo junto.

Foi a vez de Loyola rir, concordando. Mas logo ficou sério, pensativo, e largou:

– Não sei se está certo o que fizemos. Eu tenho dúvidas, muitas dúvidas.

– E quem não tem?

– É. Quem não tem? O diabo é que as minhas são antigas, vêm de antes disso tudo. O ajuste fica mais difícil.

Neide esperou, apanhando um cigarro. Loyola o acendeu, mantendo a chama do isqueiro, puxou um outro e somente depois de tragar continuou:

– Eu começo pelo sistema de provas, o critério de notas, de médias. Por mais que tente me habituar, não concordo. Simplesmente porque é injusto.

– Nós sabemos. Mas fazer o quê? E como?

Sorriu, sem responder de pronto, virou o assunto pelo avesso:

– A meninada não percebe e acha o mesmo, demonstrou na prática. Se insurgindo, não se atrelando, arrebentando com as regras do jogo. Foi a sua maneira de mostrar que não estavam domesticados.

– Errada. Ou burra. Dá igual.

– Sim, mas simpática. Apesar de errada, ou burra, como queira. É sempre um modo de não se conformar.

Neide balançou a cabeça:

– Entendo você. Eu também sou sensível à revolta, ao direito de o aluno bronquear ou não se alienar. E a maioria dos professores, estou sabendo, ainda que não fale. Mas reagir assim?

– Se o princípio está errado, como pode a reação dentro dele estar certa? Só milagre. Além do que, nós respondemos ainda pior.

– Isso não se discute. Foi excessiva.

– Foi. Mais que desproporcional, foi aterrorizante. Aquilo de inquérito, gravação, de ameaça e confronto. Não sei não. Querendo humilhar, servir de exemplo para nunca mais. A mim me dá engulhos. E confesso: o tempo todo fiquei com pena da moçada.

– E eu não? Você pensa que sou de ferro? O trabalho que me deu disfarçar.

Apagaram os cigarros, um instante em silêncio. Loyola tornou, como se pensasse alto:

– O que me preocupa, agora, é esse novo lance. O problema do 9.º ano. Pelo jeito, não vai acontecer nada. Quer dizer: dois pesos e duas medidas.

Neide concordou com a previsão:

– Não vai dar outra. Os garotos saem dessa fácil.

– Eu tinha quase certeza. Mas não está certo. A Mary desatinou.

– Sim e não. Ela principiou direito, pensando resolver um caso, pode ter-se desviado. Então surgiu um segundo, igualzinho ao primeiro. Não podia repetir a dose. Já pensou numa escola estourando pelas costuras, escândalo para todo lado?

– Era amaciar a punição dos maiores.

Novamente o silêncio, pensativo, até que Neide respondeu:

– Aquela turma não é a mesma coisa.

E Loyola:

– Você pensa que eu não sei? Aquela turma era o nosso cartão de visita, a turma inicial, bem-posta, brilhante, tudo gente fina. Nela nós apostamos os métodos, montessorianos e anexos, uma nova educação. O tempo passou, o país mudou. As promessas foram à garra, o negócio floresceu, viramos colégio de classe média alta. E justamente essa turma deu no que deu. Não é uma beleza?

– Você está amargo.

– E todos nós não estamos?

Verdade. Tanto que Neide confirmou:

– Creio que a Mary sempre quis mostrar essa turma como o produto final da escola.

– Boa, acertou em cheio, era por aí. Mas não foi, e felizmente. Acredito mais nos meninos do que na Mary.

– Não... não é o caso. Por que você diz isso?

– Porque a Mary pensa mais no lado social, nas reuniões de pais, nos carrões, no dinheiro e na figuração, temos de reconhecer. Não adianta vir com isso de tia, de querida, ela é negociante. Os meninos são diferentes.

– E fizeram essa bruta besteira.

– Fizeram mesmo. Não foi ótimo?

Neide riu. Ecumênico, Loyola abriu os braços:

– Eles erraram, nós erramos. Erramos, erramos todos, meu amor. Falha nossa.

Sim, ela continuou rindo e acenando. Para ouvi-lo afinal:

– Vou puxar o meu carro.

26

Desculpe alguma coisa

O último dia de aula. Para a maioria, uma espécie de ritual: alegre, ruidoso, comemorativo. Para uns poucos, a despedida final e melancólica.

Não tão poucos assim. Os temores de Carlão se confirmaram: além dele, Sérgio e Fábio, havia Silvinha e mais oito. Uma dúzia cravada, redonda. Os outros eram arraia-miúda, um bando de encardidos, que não passaria nem por milagre, mas o rolo também apanhara dois azarados, de puro bambo. Ou de marcação? Deixa pra lá, malandro não estrila. E o castigo vem a cavalo. Quem fez, paga.

Por isso, os três foram cumprir a obrigação, que de social virava último ato, no geral e no particular. Sérgio com a maior caradura, nem era ele, parecia feliz da vida. Fábio se recompondo, se firmando em gesto e sorriso, o mundo não acabou. Carlão de longe não mudara, o mesmo ar bonachão e afetuoso, de gente boa.

– Já arranjei um emprego para seu João – anunciou Sérgio, rindo e dando a volta por cima.

– Eu não durmo de touca e já escolhi outro colégio – Fábio comunicou, adiantando que perto de casa.

– Estou na minha, não resolvo nada já – simplesmente locutou Carlão, assim mais para o trivial.

Os três repetentes, irmanados, não mais preocupados em disfarçar as suas armações. O importante era limpar a barra, não ficar dando bandeira. Com cara de cachorro que lambeu graxa.

Despediram-se dos colegas, estamos aí. Procuraram professores, até qualquer dia. De molecagem, muito formal Sérgio ia repetindo: desculpe alguma coisa. E saíam de perto, rindo e comentando as reações, numa quase euforia.

– Precisamos dar adeus à Mary – lembrou Fábio.

– Dar adeus é bom – marcou Sérgio.

– É ótimo – emparelhou Carlão.

Vamos os três? Eu não estou a fim de ir sozinho, nem eu, nem pensar. Então vamos nós, pau na máquina.

Eles se anunciaram, foram recebidos. Mary não conseguiu tirar do rosto aquele ar de vocês viram no que deu, estão vendo, mas se mostrou civilizada. Comoveu-se com Sérgio (tinha de ser), foi ligeira com Fábio (os dois perceberam), atrapalhou-se com Carlão (quem manda ser maternal). Entre mortos e feridos, salvaram-se todos. Os rapazes se portaram como meninos, ela veio vindo por mais de dez anos. Chegou a eles? Ninguém sabe, ninguém viu. Até nunca mais.

Vale assinalar que do lado de fora eles não brincaram. Tinham perdido a vontade, talvez porque um dia houvessem acreditado. Os melhores anos de nossas vidas? Não, bobagem. Os muitos anos de nossas vidas, que não se joga fora de repente, à toa. Foram andando numa bruta frustração, mais que chateados, arrasados, pequenininhos, infelizes mesmo.

Felizmente Chico apareceu. Bastou olhar para eles, entendeu. E saudou expansivo:

– Bola pra frente!

Voltaram a se animar, um bom astral é contagioso. E conversaram das férias, das festas, programaram uma temporada na praia. Uns convidando os outros para Guarujá, Ubatuba e Boiçucanga.

– O que é que vocês vão fazer no sábado?

Não haviam pensado ainda. Chico avisou:

– Pois não assumam compromisso. Tenho uma festa joia, na casa de minha prima. Combinamos depois.

Carlão ficou mais sorridente, só de agradecido. Menos por ele, que iria mesmo, até conhecia a menina, mais por Chico estender o convite a Sérgio e Fábio, foi bacana. Amigo se vê nessas horas, o que é bom não falha.

Estavam no maior bate-papo, tipo casinho, piada e exclamação girando, quando Cristina chegou. Vinha séria porque também fizera a sua via-crúcis, abraçando os colegas e cumprimentando os professores, mas não falara com Mary, não dava, telefonaria pelo Natal. Gastara um tempão naquela de representar, forçando um jeito natural, e apesar de contrafeita dizendo amenidades. Agora encerrava o expediente.

Beijou os rapazes e já desanuviou:

– Tudo legal?

Foi perguntar e cair em si, um segundo suspenso. Chico segurou a peteca:

– Ora viva! Você deu um show, estraçalhou na prova. Eu soube.

Cristina tirou por menos:

– Não, nada disso. Foi o suficiente pra passar. Graças a você.

Os três sabiam, mas ainda não a tinham encontrado. Foi a vez deles, de beijá-la expansivos, realmente satisfeitos.

– Cris, a gênia – riu Sérgio.

– Parabéns – disse Fábio.

– Que bom, Cris – sorriu Carlão.

Ela teve um gesto de agradecimento, geral, meio cômico. E mudou de assunto: então, se despediram de todo mundo? Eles responderam que sim, contaram de um e de outro. Da brincadeira, desculpe alguma coisa, Sérgio não presta. Riram ainda mais. No entanto o calor, o horário, apressaram a conversa: deviam ir embora.

– Vamos ter que trocar figurinha – soltou Fábio.

– O quê? – Sérgio não entendeu.

– Endereços, palhaço. Nós vamos nos dispersar.

Ficaram um instante calados. Aí Carlão disse, olhando para Cristina e Chico:

– É verdade. Só vocês dois continuam.

Devagar, Cristina duvidou:

– Por mim, eu não sei.

– Você não vai ficar?

– Não sei. Não tenho certeza. – Nova pausa, logo desfeita.

– Isso tem tempo – era Chico encerrando.

Cristina só acrescentou:

– Nós não precisamos nos despedir.

27

Sete anos depois

Preparando-se para sair, Cristina estava pensativa. Escolheu o vestido maquinalmente, pintou-se um tanto alheada, entrou no carro e deu a partida como se fizesse uma contagem regressiva. Indo ao encontro de um tempo perdido.

Era mesmo? O convite para o casamento de Ana Maria a deixara alegre, que bom, poderia revê-la e aos amigos de antes, aos colegas, seria uma volta ao passado. Só que não tinha nada a ver, ou tinha muito pouco. E entretanto sentia que fora ontem, e importante, e tudo a puxava e mudava e prendia. A vida faz a gente ou nós a fazemos?

Ao longo desses anos, e já se contavam sete, quase não houvera contato com a velha turma. Como amiga, apenas Telê se mantinha... E Carlão invariavelmente lhe telefonava no seu aniversário. Dos outros, sabia por ouvir dizer. Lembrou que se deveriam ter despedido naquele último dia de aula.

Mas continuavam os cartões de boas-festas, os convites e participações. Sinalizando os seus começos, talvez os primeiros fios de uma trama que se apagava. Se não respondia, ou não ia às festas e cerimônias, a tendência era de que o tecido esmaecesse. Por isso resolvera que sim, não propriamente cedendo à insistência de Telê, mandara presente, prometera, uma ponta solta que reatava.

Riu sozinha, percebendo a comparação. Ana Maria era mesmo avulsa, desbotada, não entrava em combinação nenhuma.

Acanhada e interiorana, preconceituosa, devota, falava antigo e se espantava com tudo. Empacada num curso de Psicologia, não trabalhava. Devia estar esperando marido, que afinal merecia, coitada. Tão boazinha.

O contrário de mim, verso e reverso, pensou Cristina se reconhecendo perversa. Vale a boa ação, vale pelos outros. Ou não mereço uma pausa e um retorno? Diabo, reagiu: estou egoísta ou maldosa?

Na igreja, entretanto, ao lado de Telê, Carlão e Filipe, se comoveu quando viu Ana Maria passar. Tímida mas luminosa, uma chama por dentro. Toda noiva fica bonita. Quando a beijou, foi com um sentimento renovado, felicidade. Para você, para todos nós? Já entrara no clima.

Mais tarde, no bufê da moda, bebendo ao reencontro, eles se fizeram reminiscentes. Recordando os nomes, os caminhos de cada um. José Carlos ensinando em cursinho, Bibi como química numa indústria. Que fim levou Marino? Fazendeiro? Ah, de Rodolfo eu sei, está fazendo pós-graduação nos Estados Unidos. E de Bruno, que é arquiteto, Carolina também. Quem diria o Quico no teatro?

– E você jornalista! – exclamou Carlão.

Cristina riu e revidou:

– E você físico, trabalhando em computador?

– Físico, não – corrigiu Carlão. – No meio do curso eu mudei para Matemática. E ainda não terminei.

Uma profissão era tudo? Silvinha não estaria melhor na sua loja de confecções? Eu quero é ser feliz.

Enquanto Cristina calava, Filipe engenheiro declarou-se espantado mesmo com Sérgio: corretor da bolsa. E com Fábio, numa grande editora. Carlão discordou, não fora surpresa. Sérgio ia ganhar dinheiro, Fábio ia mexer com livro. Por quê? Não me perguntem. Só não disse que seguia lendo muito, principalmente poesia, e carinhoso abraçou Telê:

– E a nossa advogada?

– Explorada, meu querido. Como toda principiante.

Riram, felizes. Seriam? Cristina, sem fumar nem beber, perguntou por Chico. Estou sempre com ele, Carlão respondeu, muito ligados. E esquecendo o catálogo de ofícios (qual a sua vocação? a sua linha de futuro?), resumiu: bom sujeito. E estirando as pernas, enorme, feito um urso bonachão, lembrou em contraste:

– Nós éramos de morte.

Concordaram, a gente aprontava mesmo. E Carlão, sem mudar de tom, disse:

– Sabe? Aquele caso das provas. Talvez tenha sido até bom.

Silêncio. Ele sentiu a discordância em volta. Explicou-se:

– Nós acordamos, demos tudo. Foi uma lição.

Cristina sem querer levantou a voz:

– Foi horrível, Carlão. O erro, porque não dá pra disfarçar, não justificava aquele castigo. Eu só consegui suportar um semestre, me mandei. Não foi bom não.

– Mas nós sobrenadamos.

– Nós? E os outros? A que preço? Você pode imaginar o que sofreram, o que engoliram, o que significou para eles? Foi horrível.

Filipe disse baixo:

– Foi sinistro. No estilo da época, um troço bem tenebroso. Meu pai tinha sido preso, perdido o emprego, ido embora. Um mês antes.

Aquele engasgo. E Mônica, chorando pelos cantos, menos por ela e mais pelos pais se separando? Não existe sucedâneo de viver, xerox da experiência. Carlão retornou, no mesmo diapasão de Filipe:

– Vocês pensam que eu gostei? Foi duro, mas não assim desse jeito. Naquela época, botavam tudo num amplificador. E nós assimilamos, sobrevivemos, nós estamos aqui. Inteirinhos.

– E por que nós? – perguntou Cristina.

– Sim, por que nós? – repetiu Filipe, continuando: – Se todos os anos vemos nos jornais as provas vendidas, os exames anulados, esses golpes dos vestibulares? Nós, um bando de crianças?

Cristina riu:

– São duas verdades. Uma a real, que todos sabem. Outra de ficção, empostada, que vira a história oficial. Qual é a sua, Carlão?

– Nós estamos aqui – ele insistiu.

– Não estamos não – contrariou Telê.

– Como? – estranhou Carlão, virando-se para ela a ecoar os outros.

E Telê inflamada, vermelha:

– Depois daquilo, nós não fomos os mesmos. Eu, por mim, perdi o interesse pelo colégio. Foi o fim.

Cristina olhou para a amiga e querendo entender rememorou:

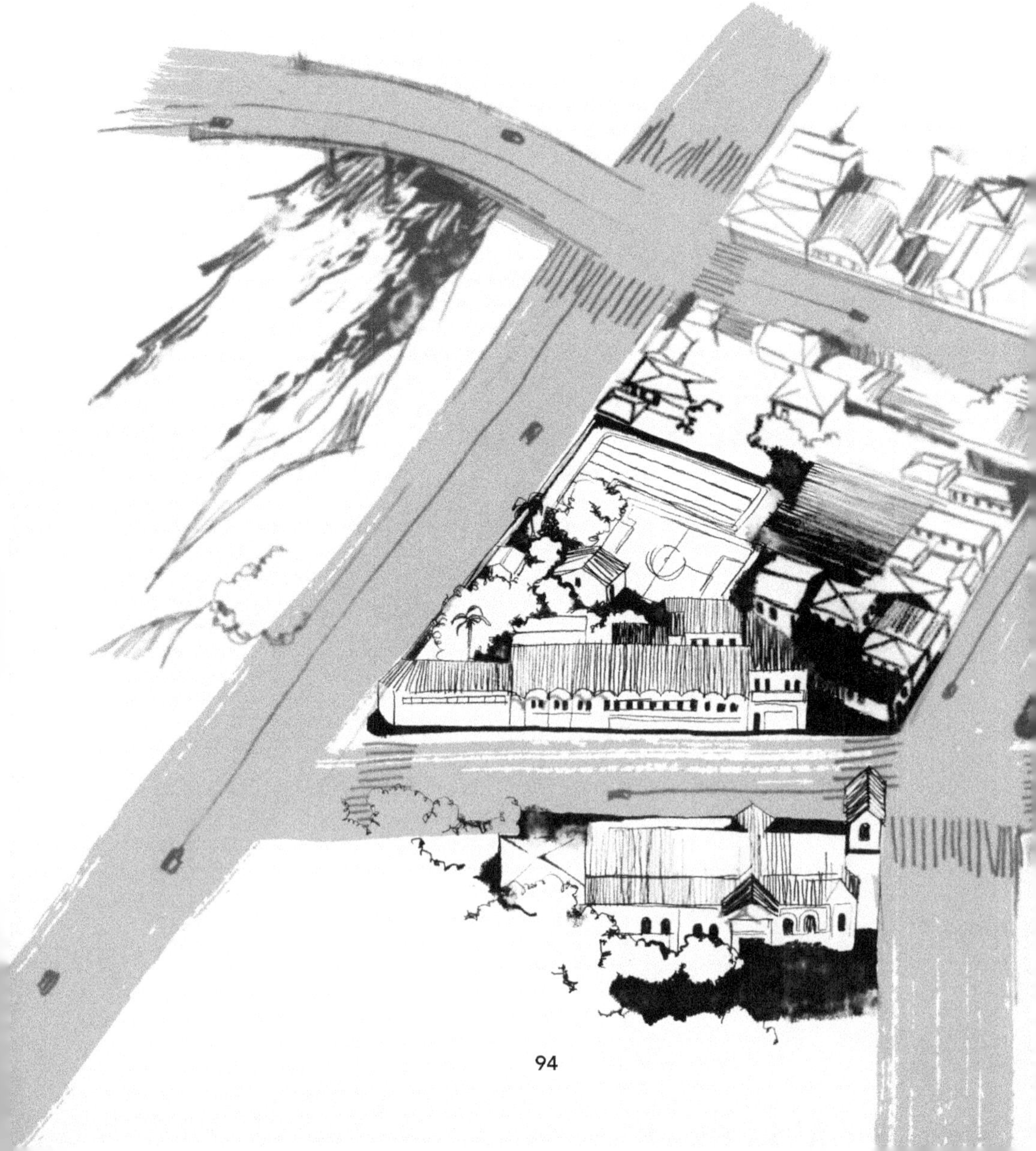

– Mas, Telê, nós entramos lá pequenininhas. Você não teve nada com o rolo, não tinha por quê. E nunca me falou.

– Eu respeitei.

– E eu achando que você estava numa boa – sorriu Cristina, descobrindo afetuosa e sempre.

E Telê, arrebatada porém ofendida, amiga mesmo:

– Você achava?

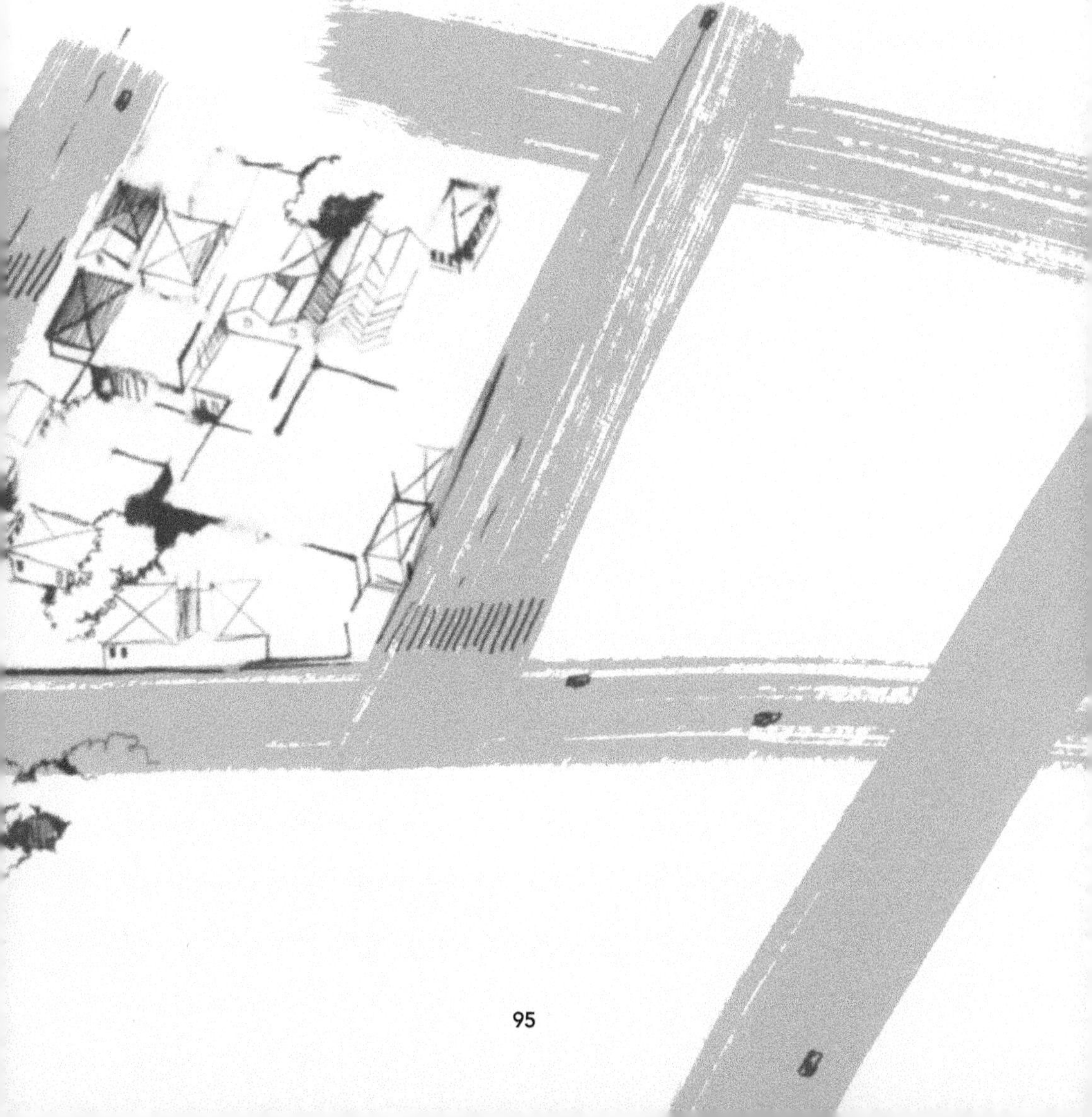

Este livro foi composto em Avenir e Rotis Serif e
impresso em papel Offset 90g/m^2.